JN076645

ベイジルタウンの女神

ケラリーノ・サンドロヴィッチ【著】

論創社

目次

ベイジルタウンの女神

撮影：BOKETA

主要登場人物

マーガレット・ロイド（ロイド社の女社長）
ハットン・グリーンハム（マーガレットの婚約者、ロイド社の専務取締役）
チャック・ドラブル（ロイド社の弁護士）
ミゲール（執事）

タチアナ・ソニック（ソニック社の女社長）
コブ・スタイラー（タチアナの秘書）

王様（マスト・キーロック）
ハム（メリィ・キーロック）
ドクター
サーカス
スージー
ヤング
水道のハットン

第一幕

1

1-1　ステージング1

映像を伴うステージング。[*1]

音楽とS.E.。セリフは記載部分以外は一切無し。

夜。月明かりの中、大勢の浮浪者たちが現れ、今宵のねぐらを探しているのか、さまようように歩く。やがて、一人が残り、彼は疲れた様子でへたり込む。

とたんに彼の背後はビルディングになり、上の方の窓を開けた寝巻姿のマーガレット（アニメーション）があくびをし、グラスの酒を窓の下に向かってぶちまける。

酒を頭から浴びて「!」となり去って行く浮浪者。

＊1　『ベイジルタウンの女神』は2020年9月、新型コロナウイルスへの厳戒態勢下で初日を迎えた。客席数は半分。お客さんは皆、どこか緊張しているのが伝わってきた。こんな異常な状況の中でファンタジックなコメディを上演して、良い反応が得られるのだろうか。初日の客席で不安に駆られていた。客電を点けたまま、浮浪者の最初の一人である温水洋一が姿を現すところから舞台は始まる。神妙に作り過ぎたかとも思った。数分後にはそうした心配は杞憂に終わったのだが。

一瞬にして夜が明ける。
以下、実際の俳優とアニメ映像を併用。[*2]
ビルのドア（アニメ映像）がバン、と勢いよく開き、さらにその中にあったドア（アニメ映像）がバン、と開き、さらに三つ目のドア（本物）が開いて、中からロイド社の社長マーガレット、その部下であるハットン、弁護士のチャックが颯爽と現れる。三人、なんかすごい高級車に乗り込む。[*3]（チャックは運転席、マーガレットとハットンは後部座席に。）車は猛スピードで街を疾走する。ステージングのどこかに、次のスケッチが挟まれる。

赤信号で急停車する自動車。

マーガレット　（信号待ちしている運転席のチャックに）チャック。
チャック　はい。
マーガレット　ショッピング・モールの方の進捗は？　予定通り春にオープンできる？
チャック　（言いにくそうに）それなんですが、実はいささか問題が……あの土地に世界最大のショッピング・モールを建設するにはですね、町工場で働く者たちの宿舎である長屋をまるごと取り壊さねばならず……
マーガレット　（事も無げに）取り壊しなさいよ。
チャック　いや、ですが、長屋には現在２６００人の工員とその家族が入居してお

＊2　「劇中にカートゥーン調のアニメを使いたい」と提言したのは、ケムリ研究室の相方の緒川たまきである。稽古に入る数週間前のスタッフ打ち合わせでのことだ。なるほど、カートゥーンってのは作品の世界にも合っているし、映像作家の上田大樹くんにとっても私にとっても、なにより観客にとっても新鮮な試みだと思ったが、同時に、そう頻出させることは不可能だとも感じていた。なにしろ私は台本が遅い。初日が近づき、台本がギリギリでも、手練れの俳優たちはなんとか間に合わせてくれようが、アニメ製作はそうはいくまい。例えば台本のクライマックスに「カートゥーンたちと登場人物たちが二人一組となって一斉に踊り出す」なんて書くのは簡単だが、アニメを作る方はたまったものではないの

りまして、工員たちは皆労働組合の人間です。

マーガレット ……それで？

チャック 取り壊したりしたらマスコミにガンガンに叩かれますよ。

マーガレット 長屋って？　縦長？

チャック （質問に内心面喰らいながら）横長ですね……。

マーガレット 縦長にできないの？

チャック 縦長だと雲が……。

ハットン （マーガレットに）自費で地下に住んでもらったらどうでしょう。

チャック 地下ですか？

ハットン ええ、自費で。

マーガレット さすがだわハットン……！

チャック （合わせて）さすがですね。

笑う三人。再び走り出す自動車。

1－2　賭け

そこは一瞬にしてソニック社の応接室になる。[*4]

ソファーに座っているマーガレット、ハットン、チャック。

だ。

案の定、緒川さんの言葉を受けた上田くんからは「分量によりますけど、沢山でないなら」と、返す言葉ですぐさま釘を刺されたのだった。

＊3　ト書きには「なんかすごい高級車に乗り込む」と書いてあるが、彼らが舞台上で座ったものは移動式（人力である）のソファーなのであり、これがそのまま1－2の応接室へ繋がるのである。もちろんステージングの小野寺修二くんのアイデア。

＊4　というわけで、走っていた車が止まり、同時にソファーテーブルが持ち出され、瞬時に、そこはソニック社の応接室になるのです。このあたりは死ぬほど稽古しました。

三人の前にはティーカップ。
チャックは膝の上に黒いアタッシュケースと商談用の資料を置いている。
しばしの静寂あって――

マーガレット　（誰に言うでもなく、やや不満気に）待たせるわね。
チャック　（食いつくように）待たせますね。さっき、秘書ですか、「間もなく参ります」って――
マーガレット　どういうつもりかしら、わざわざこちらから出向いてあげたというのに。
ハットン　（やや曖昧に）ええ……。
チャック　まったくですよ……！

短い間。

マーガレット　失礼よね。
チャック　失礼ですよ。（腕時計を見て）もう10分以上待たされてますよ。
マーガレット　（不意に立ち上がって）なにこのソファー。
チャック　（も立ち上がり）そうなんですよ！　なんなんでしょうこの座り心地！
マーガレット　この色！
チャック　色ですよね！　色！

マーガレット　……よく見るとそう悪くないわね。
チャック　（ソファーに向かって）悪くはない！　悪くはありません！
マーガレット　だけどこの部屋には合わないわ。
チャック　合いませんよこの部屋には。コーディネイトひとつで会社の程度が知れるってもんです！[*5]
ハットン　（チャックに）聞こえるよ。少し落ち着きたまえ。
チャック　聞こえるぐらいでいいんですよ！　ねえ社長。
マーガレット　駄目よ聞こえたら。
チャック　駄目ですね。すみません……。
ハットン　何年振りにお会いするんですか？
マーガレット　え？
ハットン　ここの社長と。小間使いだったんですよね。
マーガレット　ああ。そうみたい。
チャック　小間使い⁉　社長のお宅の⁉　そうなんですか……⁉（異様に興奮）
マーガレット　子供の頃よ。
チャック　へえ……。
ハットン　仲は？　良かったんですか？
マーガレット　まったく覚えてない。小間使いなんて掃いて捨てるほどいたもの。
ハットン　そうですよね……。
チャック　小間使いか……なんだ、だったらもう商談は成立したも同然じゃないで

＊5　このシーンのチャックの「太鼓持ち感」は、完全に東宝映画「社長シリーズ」の三木のり平のイメージであります。

すか、小間使いなら！

ハットン　今は小間使いじゃないから。社長だから。

チャック　今はね。（**マーガレットに**）だけど恩ってもんがありますよねぇ！

ハットン　君ちょっと黙ってろ。

チャック　え……。

ハットン　本人の前で覚えてないなんて言わないでくださいよ。話を合わせておけば相手は喜ぶんですから。

マーガレット　合わせるわよ。面白いもの。

ハットン　いや面白いからじゃなくて、

マーガレット　わかってます。

ハットン　（**マーガレットに優しく**）いずれにしてもうまくいきますよ。あちらさんにしてみりゃ絶好の条件なんですから。[*6]

マーガレット　（**うなずくが**）だけど遅過ぎない？

チャック　ええ、もう10分以上待たされてますよ。

ハットン　仕方ないよある程度は。

マーガレット　そうだけど……

チャック　もう10分以上（**待たされて**）

ハットン　（**遮って**）仕方ないだろう、我々が約束の時間より一時間早く来ちゃったんだから！

マーガレット・チャック　……。

＊6　「ハットン　本人の前で～」からの六行は、何度か稽古をしてみてから付け加えた台詞。この後、タチアナが現れた時、マーガレットとハットンがどういうつもりで彼女に接しているかが、ある程度観客にわかっておいてもらいたいという思いがそうさせた。こうした、後のシーンのためのやりとりは、できれば無しでいければそれに越したことは無いのであるが、とくに導入部では、まだ観客は、人物の性格も相関関係も、いや、それどころか作品のトーンすら把握できていないだろうから、このくらい親切な方が良いのだろう。

ハットン　まあ、時間を間違えたのは俺なんだけど。
チャック　そうですよ！
マーガレット　（ハットンをかばうようにチャックに）仕方がないでしょ⁉　彼違う時間を手帳に書いてしまったんですもの。10時の約束を9時って。ねえ……！
ハットン　ええ……。
チャック　（釈然とせず）……え？
マーガレット　（文句あるのかと）え？
チャック　（言いにくそうに）仕方ないですかそれ？
マーガレット　（挑みかかるように）なにが？
ハットン　（マーガレットに）やめようよ他人（ひと）の会社で……。
マーガレット　（チャックを咎めるように）ほんとよ……。時間がもったいないわ。この時間使って――チャック。さっきのつづき。
チャック　あ、はい。
マーガレット　リゾートホテル開発の件の進捗は？
チャック　ああ、それなんですが……調査致しました結果、あの島に社長がお考えのような巨大リゾートホテルを建設するには6000エーカーの熱帯雨林を伐採しなければならないことがわかりまして……
マーガレット　……だから？
チャック　ですから、先日お話ししました通り、あそこには絶滅寸前のイピピ族の部落があるんです。

マーガレット　あるから？

チャック　あるから、森を伐採となりますと、彼らを、イピピ族を締め出すことになり、そうなるといろいろと面倒が……マスコミにガンガン叩かれますよ。

マーガレット　（駄々っ子のように）なんとかならないの……!?

ハットン　どうせ奴らは自分から逃げ出すよ。

チャック　どうして？

ハットン　日陰が無くなる。

ハットン・マーガレット　（笑う）

チャック　（ので、合わせるように笑う）

不意にドアが開き、[*7] ソニック社の社長タチアナが入室してくる。

三人、笑うのをやめ、立ち上がる。

タチアナ　……。

三人　……。

タチアナ　朝から賑やかでいらっしゃって……。

チャック　（誉められたかのように）ありがとうございます。

タチアナ　（一瞬面喰らうが）ソニック社へようこそ。（チャックとハットンに）社主のタチアナ・ソニックです。

ハットン　専務取締役のグリーンハムです。こちら弁護士のチャック・ドラブル氏。

＊7　ドアは階上にあり、タチアナは上手(かみて)の階段を下りてくる。ソニック社は以降も何度か出てくるが、階上のドアからの出入りと、同じソファーセットが舞台にセッティングされることで、観客はおのずと、そのシーンがソニック社の設定であることを理解するのである。

＊8　ここで語られる「あの日の賭け」がどんなものだったのかは、ついぞ明かされることはない。おそらく、まだ少女だった二人が「どちらが先に素敵なお婿さんを射止めるか」賭けをしたということなのだろう。よくあるたわいも無い遊びだ。幼いマーガレットとタチアナは、二人共きっと満面の笑顔だったろう。そのことの方が肝腎だ。
　リピートして観てくださ

チャック　本日はお忙しいところをありがとうございます。（と握手の手を差し出す）
タチアナ　（その手を素通りしてマーガレットに笑顔で）お久し振りです……お元気そうでなによりです。
マーガレット　あなたも。
タチアナ　（ハットンに目をやり）御結婚なさるんですってね。
ハットン　（面喰らって）え……
マーガレット　ええ、来月。
タチアナ　（二人に）おめでとうございます。お似合いですわ。
ハットン　ありがとうございます。
マーガレット　ありがとう……。
タチアナ　（マーガレットに）私は未だ独り身。あの日の賭けはあなたの勝ちですね。
マーガレット　賭け？
タチアナ　賭け[*8]。え？
マーガレット　え？
タチアナ　まさか忘れてます？
マーガレット　（実はまったく憶えてないのだが）まさか。憶えてるわよ。
タチアナ　（ニヤニヤと、二人だけにわかる秘密のキーワードのように）クリスマスの夜……！　苺ジャム……！

ったお客様から、「〝賭け〟についての伏線が回収されていない」との感想（？）を頂戴したが、別に伏線ではないのであり、回収するつもりもないのである。「だったらそんな思わせぶりな謎を入れ込むな」と言われるかもしれないけれど、仕方ないよ。人生は謎だらけなのだから。
　とはいえ、タチアナを演じてくれた高田聖子も、（憶えていないという設定だとはいえ）マーガレットを演じた緒川たまきも、「賭け」がどんなものだったかはもちろん、「苺ジャムの思い出」がどんなものだったのか、まったくわからぬまま稽古を繰り返したのだから、さぞかしやりにくかったことだろう。この場面を集中的に稽古した時期には、この先十数ページしか台本が無かった。なにしろ作者である私自

マーガレット　（実はサッパリわからないのだが）ええ、苺ジャム！
タチアナ　苺ジャム！
マーガレット　苺ジャム。さて、時間も無いでしょうからさっそくなんだけど
タチアナ　（遮って）フフフフ！
マーガレット　なに？
タチアナ　あのロッキング・チェア……！
マーガレット　（合わせて）ロッキング・チェアね、あの。フフフ……。苺ジャム！
チャック　（嬉しそうに）え、どうしたんですか苺ジャムが。
ハットン・マーガレット　（すごい目でチャックを見る）
タチアナ　フフフフ。あなたがね。
マーガレット　あたしがね。パンにね。（つける仕草）
タチアナ　（とたんに怪訝そうな表情になり）……パン？
マーガレット　（内心「!?」となるが）……クリスマスの夜！　真っ白な雪！（と言うしかない）
タチアナ　（眉間に皺を寄せ）雪……？
マーガレット　あ、あれは別の年か。
タチアナ　……。
マーガレット　フフフ、ロッキング・チェア！　苺ジャム！
タチアナ　憶えてないいんですか？
マーガレット　（すぐさま）ごめんなさいまったく憶えてない。

身、「苺ジャムがどうしたのかなんて、後で考えればよい」という状態だったのだ。そんなことで良いのだろうか。結果が良ければ良いのです。

タチアナ　（愕然と）指切りまでしたのに……。

マーガレット　指切り、指切りね、それはなんかうっすらと。小指と小指ででしょ[*9]？

タチアナ　いいですよ無理しなくて。

マーガレット　うん。……あの……誰？

タチアナ　⁉　誰かも憶えてないんですか⁉

マーガレット　憶えてない。

タチアナ　私です。ニンジンですよ！

マーガレット　ニンジン？

タチアナ　（茫然と）ええ……⁉

マーガレット　いっぱいいたんだもの小間使いなんか。

タチアナ　なんか⁉

マーガレット　それで用件なんだけどね、

タチアナ　（遮って）あなた私のこと、一番の親友だって言ってくれたんですよ⁉

マーガレット　言うのよ。それでね、

タチアナ　言うのよってなんですか⁉

マーガレット　子供だったたんでしょ二人共。いいじゃないそんな昔のことは。あなた今もう立派な社長さんなんだから！

タチアナ　……。

マーガレット　……。

＊9　あたかも、指切りには様々なやり方があって、そのうちのひとつを言い当てているかのように言うのである。

タチアナ　……わかりました。ビジネスの話をしましょう。
マーガレット　（ハットンを見る）
ハットン　……単刀直入に申し上げます。わがロイド社は現在、この街の第七地区から第九地区にあたるスラム街区域、通称ベイジルタウンの再開発計画を進行中です。
タチアナ　存じ上げております。
ハットン　……でしたらお話は早い。御社は第七地区全域の土地を、わが社は第八地区と第九地区の土地を所有している。そこでです、
タチアナ　お断りします。第七地区は売りません。

短い間。

マーガレット　どうして……!?
チャック　そうですよどうしてですか……！
ハットン　わかりました。査定価格の1・5倍お支払いしましょう。
マーガレット　（かぶせて）2・5倍。
ハットン　（ギョッとするが）……2・5倍お支払いしましょう。さらに――純利益の3・5％を
マーガレット　7％。
ハットン　（さらにギョッとして）7パー……

マーガレット　7%よ。

ハットン　……7%を2年間（**チラとマーガレットを見て**）5年間お支払いしてしまいます。いかがですか。またと無い好条件だと思いますが。

タチアナ　答えはノーです。

絶句するロイド社の三人。

タチアナ　いかがでしょう、それより第八地区と第九地区を売ってくださらない？

三人　え……。

タチアナ　そちらが今御提示された額の倍お支払いします。

ハットン・チャック　（**思わずマーガレットを見る**）

マーガレット　なにを言い出すの……⁉

チャック　（**タチアナに**）御社も再開発をお考えなんですか……⁉

マーガレット　駄目駄目！　お断りします！　ねえお願い、これはあたしにとって特別な、本当に特別な、念願のプロジェクトなの……！

タチアナ　それはそちらの御事情でしょ。

マーガレット　ニンジィン！

タチアナ　憶えてないのにあだ名で呼ばないで！

マーガレット　なんなの意地張っちゃって、あなたらしくもない。

タチアナ　私を憶えてないのに私らしさは憶えてらっしゃるんですか⁉

マーガレット　一番の親友なんでしょ⁉
タチアナ　あなたが言ったのよ！
マーガレット　そうよ。そう思ったから言ったのよきっと。ねえ。
チャック・ハットン　ええ……。
タチアナ　……。
マーガレット　え、あたしが苺ジャムをどうしたの？
タチアナ　え？
マーガレット　待って、今思い出すから。
タチアナ　いいですよもう。
チャック　パンに塗ったんじゃないんですね？
マーガレット　（チャックに）だから違うのよ。（タチアナに）苺ジャムをプレゼントしたの？
タチアナ　違います。
ハットン　苺ジャムの、フタを舐めた？
タチアナ　違います。
チャック　苺ジャムを、身体に塗りたくって
タチアナ・マーガレット　（遮って）違う！
マーガレット　苺ジャムを……なんかヒント！
タチアナ　クイズじゃないんです！
マーガレット　……（溜息）

短い間。

マーガレット　……あんな汚ないだけの土地を一区域ぽっち持ってたってなんの得もないでしょう……⁉

タチアナ　あたしの生まれた街です……。

マーガレット　……ふうん。

タチアナ　あたしはあたしの手で、乞食共がうろつくあの街を素晴らしい街に変えたいの……。

マーガレット　なぁんだ。そういうことだったら心配しなくたっていいわ、あたしが素晴らしくするわよ。ニンジンがやるよりずっと素晴らしく。

タチアナ　ニンジンて呼ばないで！

マーガレット　ああ、えっと（**名前がわからず、ハットンを見る**）

ハットン　（**小声で**）ソニックさん。

マーガレット　トニックさんがやるより

ハットン　ソニックさん。

マーガレット　ソニックさんがやるよりずっと素晴らしく。

タチアナ　あなたが？　パジャマも自分で着替えられなかったあなたが？

チャック　（**擁護するように**）今は着替えられますよねぇ。

タチアナ　わかってます！　あたりまえ！

チャック　……。

タチアナ　思い出すわ……ちょっと転んで膝小僧を擦りむいただけなのに、あなたのお父様は有名な外科医を外国から呼びつけて……もう大騒ぎだったわね……学校の行事でバーベキューをやることになった時はあなた、牧場まるごと買いあげて、結局雨で中止になった……。[*10]

マーガレット　しょうがないじゃない雨が降っちゃったんだから。晴れればやってたわ。

タチアナ　そういうことじゃない！

マーガレット　やってたわよ晴れてたら。今度一緒に食べましょうよバーベキュー。

タチアナ　バーベキューが食べたかったって話をしてるんじゃないのよ！　あなたなんかにあの街の再開発はできないって話をしてるの！

マーガレット　できるわよ。

タチアナ　いいえ、あなたみたいなお嬢様、あの街に踏み入ることだってできない。

マーガレット　できます！　ねえ。

チャック・ハットン　（口々に）できますよ。

タチアナ　いいえ、きっと1分で逃げ出すわ。

マーガレット　逃げ出さないわよ。一日中だっていられるわ。ねえ。

チャック・ハットン　ええ。

---

*10　上演では、タチアナ役の高田聖子はこの台詞を悪意の笑みを浮かべながら発し、台詞終わりで「アハハハハ！」と笑うのだ。

タチアナ　へえ……一週間でも？

マーガレット　（内心たじろぐが）一週間は……全然大丈夫。[*11] ねえ。

チャック・ハットン　……ええ。

タチアナ　そうですか。一ヶ月は無理ですよね。誰にも素性を明かさずにです。

ハットン　何を考えてるんですかソニックさん。

タチアナ　（マーガレットに）どうですか？

マーガレット　一ヶ月⁉

タチアナ　お金一銭も持たずにです。無理ですよね。

マーガレット　……暮らせるわ。ねえ。

チャック　暮らせますとも。本当に暮らすわけじゃないですもんね。

タチアナ　言いましたね。

マーガレット　なによ。言ったわよ……。

チャック　言うのは言えるんです。実際に暮らすわけじゃないんですからね。（ハットンに）ね。

タチアナ　結構です。もし本当にあなたが一ヶ月間、無一文で正体を明かさずにベイジルタウンで暮らせたら、第七地区は差し上げましょう。

マーガレット　差し上げるって、くれるの⁉　本当に⁉

タチアナ　ええ。その代わりもし途中であなたが断念したら、私が第八地区と第九地区を頂戴します。一ヶ月の間に1分でも街を出たらあなたの負け。どう？

マーガレット　（はしゃいで）いいのね本当に⁉　くれるのね第七地区。

＊11　「全然大丈夫」と言いながら、内心はたじろいでいることを、凡庸なやり方ではなく、観客に伝えるのはむつかしい。どれだけ稽古したことか。稽古場のみならず、家や、稽古場へ向かう車中でも。

タチアナ　あなたが一ヶ月暮らせたらの話です。

マーガレット　（**かぶせて**）暮らす暮らす、暮らすわよ！（**ハットンに**）よかったわね、くれるってニンジン！

ハットン　（**むしろタチアナに**）一ヶ月なんかとても無理です。

マーガレット　無理じゃないわよ！

ハットン　無理だよ君には……！　半日だって無理だ。

チャック　（**ハットンに**）実際に暮らすわけじゃありませんから。

ハットン　実際に暮らすんだよ！　聞いてんのか話[12]！

タチアナの秘書、コブが書類を手に来る。

コブ　失礼致します。

タチアナ　御了承頂いたわ。（**三人に**）秘書のスタイラーです。

コブ　コブ・スタイラーです。（**マーガレットに**）ではお手数ですがこちらの書類にサインをお願いできますか。

マーガレット　え。

ハットン　（**覗き読んで**）「ロイド社の社主マーガレット嬢は一ヶ月間無一文で正体を明かさず」……!?　こいつら最初から……！

コブ　おやおや〝こいつら〟とは。

チャック　（**わからず**）ん？　ん？　どういうことですか……!?

＊12　山内圭哉（ハットン）のツッコミのキレもすごかったが、初めて一緒に芝居を作った菅原永二のボケは衝撃的だった。本人も相当緊張し、戸惑い、探りながらの稽古だったとは思うが、ともかくなかなか安定しない。安定はしないがとんでもなく面白い。ただ、稽古場にいる我々には面白いが、観客は面喰らうだけだろうことは容易に想像がつく。毎回、思いもよらないトーンで台詞を出す。当初、チャックをこんなにも馬鹿げた人物にするつもりはなかったのである。菅原永二という役者のあり方が私にどんどん馬鹿げた台詞を書かせた。厄介で、それ以上に魅力的な俳優である。

ハットン　なんでわからない！

マーガレット　（ペンを受け取り、サインをしようとして）ニンジンは最初からあたしにくれるつもりだったのよ……！

ハットン　冗談じゃない！（と書類を取り上げる）

マーガレット　返してハットン。大丈夫よたった一ト月くらい。眠ってるうちに過ぎちゃうわ。

ハットン　無茶だよ。君はああいうところの恐ろしさをまったくイメージできてない。

マーガレット　今日だって車で通ったじゃないの。

ハットン　車で通るのとはワケが違う。絶対行かせるわけにはいかないよ……。

マーガレット　結婚式の前には戻って来れるわ。

ハットン　（曖昧に）うん……

コブ　これはラブシーンでしょうか？

タチアナ　やめてもいいんですよ。

マーガレット　（トーンを変えて）[13] ハットン。これはビジネスの話。ベイジルタウンの再開発計画はあなたにとっても大きな夢であるはずです。そうでしょ？

ハットン　（気圧されて）そうです……

マーガレット　留守中は会社の全権をあなたに委ねます。いいですね……？

ハットン　はい……。

＊13　上演ではここから低く音楽が入った。

＊14　上演では、マーガレットが契約書に書きつけるサインを、舞台装置の壁面に大きく投映した。当然、ここで音楽が一段盛り上がる。

＊15　前述した通り、実際の上演ではすでに音楽は入っているので、「音楽がさ

マーガレット、書類をハットンから引き取ってサインをする中[14]——

1-3　大オープニング

明かり変わって、音楽が入り[15]、それはそれは素敵な大オープニングへ。[16]キャスト全員による、心踊るゴキゲンな2分半。音楽、ステージング、映像を駆使して、キャストやスタッフのクレジットが披露される。

らに一段盛り上がり」ということになる。

＊16　で、恒例の「それはそれは素敵な大オープニング」である。「オープニング」ではなく「大オープニング」なのは、ここまでで大体20分ぐらいあるからだ。大抵の作品が「大オープニング」まで20分ぐらい。冒頭、乞食たちが現れるオープニングは「小オープニング」で、こちらがいよいよの「大オープニング」なのである。映像の上田くんもステージングの小野寺くんも、ここが一番の大仕事となる。中根有梨紗さんがデザインしてくれたカートゥーンのキャラクターたちと俳優陣の共演による、この作品らしい心踊るオープニングになった。もちろん鈴木光介くんの手によるテーマ曲の力も尽大である。

nakamura

2

2－1　出発の日の朝

翌朝である。
舞台上のどこかに「出発当日」という字幕が投映される。
マーガレットの自宅リビング、あるいはサロン。
出発の準備をしているマーガレット、ハットン、チャック、執事のミゲール、二人のメイド。

チャック　（例の契約書を見ながら不服気に）時計や装飾品も一切携帯不可だとありますね……。

マーガレット　……。

メイドたちがマーガレットの指輪とネックレスをはずし、ミゲールが腕時計をはずす中[*17]、

＊17　マーガレットが無言で両手をスッと前に出すと、背後に立っていたミゲールとメイドたちが足早にそこへ群がり、彼女の腕や首や指からあっという間にアクセサリーをはずす、という演出。ミゲールはそれらを宝石台に載せて、3行あとの台詞をスーツケースに向かいながら言わねばならない。まごまごして、はずしている段階で「こちらスーツケースにお入れしておきますね」ではサマにならない。ミゲールはマーガレットが赤ん坊の頃から38年間も仕えてきた熟練の執事なのである。

ハットン なあ、せめてもう一晩だけよく考えたらどうだい……。
マーガレット 出発が一日遅れれば戻ってくるのだって一日遅れるのよ。
ハットン そうだけどね……
ミゲール （時計やネックレスを） こちらスーツケースにお入れしておきますね。
マーガレット だから持ってっちゃいけないんだってば。ルールは守って。
ミゲール はあ……。
チャック ミゲール、君さっきこの契約書読んでたろ。
ミゲール ええ。ですが幾度読んでもにわかに信じ難く……。
ハットン （皆に） ちょっと二人きりにしてくれないか。
チャック ん、どの二人でしょう。
ハットン え？
チャック 二人きりというのはどの二人かなと。
ハットン （やや威圧的に） わかんないんだ。
チャック いえ言ってみただけで。商売柄弁護士ってのは言ってみるんです。
ミゲール （マーガレットに） 寝室用のスリッパとお散歩用のハイヒールはいかがしましょう、お入れ致しますか。
マーガレット チャック、そのぐらいはいいわよね。必要最小限なら。
チャック （釈然としないが） はあ、よろしいんじゃないんでしょうか、最小限なら。最小限なんですから。
マーガレット （スーツケースを持って去って行こうとしているミゲールに） ミゲール、

花瓶は入れてくれたわね。

ミゲール　はい。

マーガレット　クリスタルの方よ。日傘もね、銀の刺繍のと孔雀のだけでいいわ。

ミゲール　かしこまりましてございます。

メイドたち　失礼致します。

チャック　（引っ込みながらメイドに）もうスタイラーさんは？

メイドA　はい、客間でお待ちです。

チャック　（マーガレットとハットンに）客間でお待ちだと

ハットン　わかってるよ。

そこにはハットンとマーガレットだけになった。
ハットン、人々が去ったことを確認するとマーガレットに近づき、彼女の手を包み込むようにして握る。

ハットン　いいかい。もし何かあったらすぐに戻ってくるんだよ。

マーガレット　ありがとうダーリン。でもそうはいかないわ。それに少しくらいは何かなくっちゃ。

ハットン　なにかはね……。

マーガレット　（ウキウキと）その何かが何なのかが問題ね。

ハットン　楽しそうだね。

マーガレット　だって、あたしがちょっと我慢すればあの土地はみんなあたしのものなのよ……!?　土地さえ手に入ればあとは全部うまくいくわ。ベイジルタウン再開発の立役者として来年の今頃は、ハットン、あなたは市長当選間違いなしよ。

ハットン　うん……。**（と思わずウットリするが）**[*18]　いや、土地なんかより君の安全だよ。

マーガレット　あたしの安全なんかよりあなたの夢よ……。

ハットン　マーガレット……。**（抱きしめる）**

マーガレット　たしかにあたしの安全はおびやかされるかもしれないわね……もしかしたら膝小僧を擦りむいたり、あまりおいしくないものをデザート無しで食べなきゃいけないこともあるかもしれないわ……。でもそのぐらいのこと、ダーリン、あなたの夢を叶える為だと思えば屁でもないわ……!

ハットン　ありがとう、マーガレット……。

マーガレット　ごめんなさい、屁だなんてあたし……**（と突然顔を赤らめる）**

ハットン　いいんだよ屁ぐらい。手紙も電話も、こちらから会いに行くことも禁じられてるけど安心して。バレないようにして君の様子はちゃんと定期的に確認するからね。

マーガレット　どうやって?

ハットン　**（考えながら）**　伝書鳩を飛ばしたり、近くのビルディングから双眼鏡でこうやって——

＊18　この状況で「（と思わずウットリするが）」なんてことは、リアリズムで考えるとまずあり得ない。軽演劇の呼吸である。ここはなんとしても「思わずウットリ」しておいてもらった方が後々都合が良いのだ。

マーガレット　見つけられるかしら、あたしのこと。
ハットン　られるさ。
マーガレット　られるかな。
ハットン　られるられる。
マーガレット　うん……。
ハットン　うん……気をつけて……。
マーガレット　つける……。

二人の唇と唇が重ならんとしたその時、タチアナとコブが来る。すぐ後に二つのスーツケースを両手に持ったミゲールも。

タチアナ　待たせ過ぎじゃありません？

マーガレットとハットン、離れる。

マーガレット　今行くわ。
ハットン　見送るよ。
マーガレット　（ハットンを見据えて）結構よ。あなたは会社のことをお願い。
ハットン　……わかりました。
マーガレット　さあ、参りましょう。

タチアナ　（ハットンに）愛しの君は私が責任をもって第七地区まで送り届けます。
ミゲール　（スーツケースを）お車にお積みします。
タチアナ　そんなもの持って行けるわけないでしょう。
ミゲール　は？
タチアナ　はじゃない。この人は手ぶらにして置いてくるんです。
ミゲール　置いてくる……？
タチアナ　（マーガレットに）こっち向いてくださる？
マーガレット　なに？

タチアナ、マーガレットの洋服の一部を派手に引き裂く。

マーガレット　何するのよ……！
タチアナ　あの街でキレイな格好してたら脱がされますよ。
マーガレット　え……。

タチアナ、服をさらに二箇所ほど、ビリビリと音をたてて勢いよく引き裂く。[*19]

タチアナ　いいんじゃないでしょうか。
マーガレット　ありがとう……。行って参ります。
ハットン　行ってらっしゃい。

---

*19　もちろん、衣裳に仕掛けが施してある。毎回新しい服を引き裂いていたら衣裳代で製作費が尽きてしまう。ただし「ビリビリと音をたてて勢いよく」引き裂かねばならないのだから、仕掛けの加減はとてもデリケート。衣裳の黒須はな子さんの手腕である。

ハットンを残し、全員部屋を出て行く。[20]

ハットン　……。

チャックが来る。

チャック　いいんですか、見送らなくて。

ハットン　うん……いいと言われた。

チャック　そうですか……。

チャック、座って、手にしていた新聞をひろげる。外から番犬の鳴き声が聞こえてくる。

ハットン　……。

チャック　（新聞に目をやりながら顔をしかめて）わあ……昨夜(ゆうべ)もベイジルタウンで二人死んだそうですよ……一人は食べ物の取り合いで刺されて……女だなこれ。女ですよ。

ハットン　へえ……。

＊20　上演でのマーガレットは、部屋を出て行く刹那、ハットンを今一度、ほんのちょっとだけ振り返ってから去る。彼女が理想のフィアンセとしてのハットンに会うことは、もう二度とない。

外から、車の発進する音が聞こえる。

ハットン　……。

チャック　餓死や凍死も日常茶飯事でしょうあそこは。死んでも死体は放っとかれるし。この間もあの辺りの公園通ったら、もはや男だか女だかもわからない死体にカラスがウジャウジャたかって、えぐれた目玉を突っついてるんですよね。

ハットン　君は、俺をどういう気持ちにさせたいんだ……！

チャック　どういう……いえ、危険な地域だから、社長大丈夫かなっていう……

ハットン　今日から忙しくなるぞ。気を引きしめてもらわないと。

チャック　これ読んだら行きますよ。……しかし、心配ですね社長。

ハットン　……心配だよ。（背を向ける）

チャック　（再び新聞に目を落とす）……。

と、同時にコブが戻って来る。ハットンもチャックも気づかない。

コブ　（背を向けているハットンに）ウチの社長から――

ハットン　（過剰に驚いて）⁉　なんですか……⁉

コブ　ウチの社長から伝言です。30日後の日没まで、マーガレット様へは一切の連絡を絶つようにと。

ハットン　承知してます。わざわざどうも……。
コブ　……。
ハットン　なんですか。
コブ　いえ、なにを嬉しそうに笑ってらしたのかなと思いまして。
ハットン　誰がですか。
コブ　今そちらを向いて笑ってらしたでしょう。私が入って来た時。
ハットン　（内心、動揺しているようにも見えるが）笑ってなんかいないよ。（チャックに）なぁ。
チャック　私新聞読んでたんで。
ハットン　……。（少しムキになってコブに）第一そこからは見えなかったでしょう顔。[*21]
コブ　私視野が広いんですよ。
ハットン　いくら広くたって――
コブ　心の視野です。失礼致します。

スーッと去って行くコブ。[*22]

ハットン　心の視野……!?
チャック　……。（去って行くコブを見ていたが、ハットンに視線を転じる）
ハットン　（それとなく目をそらす）……。

＊21　ハットンはコブに対して完全に背を向けていた。

＊22　コブを演じた植本純米の足元に予め長いシートを置き、袖奥から引っ張ったのである。私はコレが好きで、よくやる。役者は引っ張られた瞬間、重心を崩しそうになるが、決してそんな風に見えてはいけないから大変なのである。

＊23　書き忘れたが、この芝居は、アンサンブルがいなかったので、大勢の人々が行き交うようなシーン、例えばここでいう「人混み」（ほとんどが貧しい者たちである）には（物理的に）出られる役者（及びダンサー）は全員出ている。つまり、前のシーンに出ていた山内圭哉（ハットン）、菅原永二（チャック）、そして、同じデザインをもっ

3

3－1　ステージング2

ベイジルタウン。

歩き慣れぬ街の人混みの中を歩いているマーガレット（アニメから実際の俳優へ）[*23]。

みるみる日は暮れていく。

3－2　宿屋

夜も更けた時刻。

木賃宿とでも呼ぶべき安宿の受付。宿の女主人が質素なカウンターの中で帳簿を書きつけており、背後ではラジオが鳴っている。疲労困憊（ひろうこんぱい）したマーガレットが入って来る[*24]。


とボロにした衣裳に着替え、髪を乱し、顔のメイクに汚しを入れて登場する緒川たまき（マーガレット）と、次のシーンのために着替えている植本純米（コブ）以外の全員である。

　もちろん、この戯曲を上演しようという勇気ある方は、そんな大変な方法をとらなくてもよい。故・蜷川幸雄さんだったら躊躇なく数十名のアンサンブル俳優をキャスティングしたことだろう。

＊24　「次のシーンのために着替えている」と簡単に書いたが、着替え場は地獄のような早替えでものすごいことになっていたはずだ。なにしろ、コブで引っ込んだ植本くんは、二分弱の間に「宿の女主人」になって、広い舞台裏をグルリと大回りし、一瞬にしてセッティングされる宿のカウ

マーガレット　（背筋をのばし、平静を装って）こんばんは。

女主人　（帳簿から目を上げぬまま）一泊15チフリー。チェックアウトは9時。お代は前払い。どうする。

マーガレット　朝食は何時？

女主人　んなもん好きな時に食やいいよ。

マーガレット　そう。ではすぐにお願い。卵は、ボイルドエッグにスモークの効いたベーコンを添えてくださる？　紅茶はフォートナム・メイソンのダージリンを。

女主人　（さすがにマーガレットを見て）……なんの呪文唱えてんだい。

マーガレット　はい？　お部屋の方拝見できる？

女主人　勝手に見なよ。目ぇあるんだろ。（と部屋の方向を示す）

マーガレット　ええ、二つ。（少し笑う）

女主人　（笑わない）

マーガレット　……。

マーガレット、カーテンを開いて中の部屋を覗く。

マーガレット　（顔色変わって）……。

女主人　どうする？

マーガレット　できればシングルルームでお願いしたいんだけど。

ンターの陰に隠れながら舞台に出て、明かりに照らされた時には帳簿つけをしていなければならないのである。劇場に入って最初の稽古では間に合わず、半分コブの女主人がいた。でも大丈夫。プロの役者さんの適応力というのはまったくもって驚愕に値する。以降はしっかり間に合ったばかりでなく、みるみる速度を増し、最終的には余裕すら感じさせた。（と私が思い込んでいるだけかもしれない。）

女主人　……シングルルームね。ジャグジー付きの？

マーガレット　今拝見したところ、そちらのお部屋には殿方が大勢寝ていらして……。

女主人　寝る以外何するって言うんだい。

女主人、突如足元の床に何かを見つけ、「あ、コノヤロ」とか言って乱暴に踏みつける。チュウッ！　というネズミの断末魔の声がする。（観客にはカウンターで隠れて床は見えない）

マーガレット　（蒼冷めて）……。

女主人　嫌ならやめな。

マーガレット　……泊めて頂くわ。

女主人　（手を出して）15チフリー。

マーガレット　……（小声になって）折り入って御相談なんですけどね。今私小銭を切らしてて、もし泊めて頂けるなら、一ト月後にあなたの口座に15万チフリーお振り込み致します。

女主人　……あたしの口座に。

マーガレット　ええ。

女主人　いいのかい15万チフリーも。

マーガレット　痛くも痒くもありません。私本当はこういうあれじゃなくて大金持ちなんです。ここだけの話ですけど、私の会社は今この国で三番目に収益を上げています。

女主人　そいつはすごいね……。

マーガレット　**（ウインクして）**秘密よ。**（ラジオから流れるドリス・デイの『ケ・セラ・セラ』に）**あ！　これ……！

女主人　**（何事かと）**ラジオだよ。

マーガレット　彼女パパのお友達だったの。家にもしょっちゅう遊びに来たわ。

女主人　ドリス・デイが。

マーガレット　ええ。彼女酔っ払うとすぐウチのピアノの上で眠っちゃうのよ。[*25] **（と笑って、ラジオと一緒に唄う）**

女主人　15万チフリーも頂けるのは本当にありがたいんですけどね。

マーガレット　**（リズムにのりながら）**いいえ。

女主人　来月まではちょっと待てないのよ。

マーガレット　**（リズムにのるのをやめる）**

女主人　んん、もちろん今すぐ15万払えなんて言わないわ。手付けで15チフリーだけお支払い頂ける？　そしたらお泊まり頂いても。

マーガレット　ですから今は私

女主人　**（遮って突然強く）**嫌なら出て行きな鬱陶しい！

マーガレット　……。

---

*25　ドリス・デイ（1922〜2019）が『ケ・セラ・セラ』をヒッチコックの映画『知りすぎていた男』の劇中で歌ったのは1956年のこと。ということは、少なくともこの物語の時代背景はそれ以降ということになるのだが、正直、ゲンミツな時代考証なんぞしていない。あの懐かしき良き時代の、おそらく（ヨーロッパではなく）アメリカ的などこかの国のお話、というぐらいでちょうどいい。

とその時、客室のカーテンの中から、貧しい服装の若い男（後にヤングと呼ばれる）が布製の鞄を抱えてそそくさと現れる。

ヤング　（マーガレットと目が合って）……。

マーガレット　……。

女主人　なんだい坊や……帰るのかいこんな夜中に？

ヤング　悪いかよ。

女主人　悪かないよ。悪かないけどなんだいその鞄。

とたんに客室から「あ、待てこのくそガキ！」という声。ヤング、いきなり走って去って行く。すぐに客室から鞄の持ち主（やはり貧しい服装の初老の男）が「泥棒！」と叫びながら現れる。

鞄の持ち主　誰かそいつを捕まえてくれぇ！　泥棒！（立ち止まって腰を押さえ）いててて……！

女主人　あきらめな。あんたも誰かの鞄ひったくりゃいいじゃないか。ウチはもうもらうもんもらってんだ。誰がどうなろうと構やしないよ。[*26]

マーガレット　（女主人の言葉に愕然として）……。

ラジオがガガガガといきなり激しいノイズを発する。

＊26　女主人を演じた植本くんはこの台詞を歌舞伎調の節まわしで「あ、かまやしないよぉ！」と見得を切り、フロントの上のベルをチン！　と鳴らしてキメた。私がそうしてほしいと指示したわけではなく、ある日の稽古で急にやり始めたのだ。とても良かったので放置した。だって、そんなキメ方、彼以外やらない。もし温ちゃん（温水洋一）がいきなり自分からそんなことしたらビックリである。

三人、思わずラジオを見た。

3－3　公園

次の日の午前。

マーガレットがベンチで眠っている。

ドクターの愛称で呼ばれていることが後にわかる一人の乞食がやって来て、ベンチの近くに立つゴミ箱をガサゴソ音をたてて漁り始める。

マーガレット、目を醒ました。

マーガレット　（ドクターを見て）……。

ドクター　（視線に気づき）……何見てんだよ。

マーガレット　（目をそらすことなく）いえ、ゴミを漁ってらっしゃるなぁと思いまして。

ドクター　……。

ドクター、食いかけで捨てられたチキンを見つけ、ゴミ箱から拾い上げると、ホコリを払って喰らいつこうとする。

マーガレット　召し上がるんですかそのチキン！
ドクター　人間食わなきゃ死んじまうだろう。
マーガレット　そうですけど

ドクター、無視してムシャムシャと食べる。

マーガレット　！

食べているドクターを見ながら、すごく苦い表情になるマーガレット。

ドクター　（しばし食っていたが、止めて）なんだよその顔は。
マーガレット　食った方が死んじまうんじゃないかと思って。
ドクター　死なねえよ。（食べる）
マーガレット　（辛そうな表情）
ドクター　やめろその顔！　もっとうまそうな顔しろよ……！
マーガレット　うまそうな顔って、食べてるのはあなたなのにですか？
ドクター　そうだよ。食ってる方の身にもなれ。（再び食べながら）ほら！
マーガレット　（必死においしそうな表情を作る）
ドクター　（その表情が思いの外、気に入ったようで）いいね……。
マーガレット　（意外で）いいですか……？

ドクター　いいよ。（やがて食べ終わり、骨をうまそうにしゃぶる）
マーガレット　（のを見ているうちに食べたくなったのか）おいしそうですね……。
ドクター　うまいよ……うまそうな顔を見ながら食ううまいものは、これはもう、うまい。
マーガレット　ええ。
ドクター　腹減ってんの？
マーガレット　とても。
ドクター　しゃぶるかい。（と骨を差し出す）
マーガレット　いえ、私は。
ドクター　いいよ。ちょっとだけだぞ。うまそうだった顔が欲しそうな顔になってたよ。そういうの見逃さねえんだ俺は。ほら。
マーガレット　結構です私は。
ドクター　そうかい……いい奴だなおまえ。

ドクター、骨を上着の胸ポケットに入れ、再びゴミ箱を漁り始める。ほどなくドクター、ゴミ箱の中に何かを見つける。

ドクター　⁉（ゴミ箱の中から財布を取り上げ）財布だ……！
マーガレット　⁉
ドクター　（財布の中の結構な数の札を確認して）！（天を仰いで）ありがとうござい

ます神様！
マーガレット　（茫然と）……。
ドクター　（マーガレットに）これで何かうまいもん食うといいよ！（札を三枚差し出して）ほら、3チフリー！　うまいもん食って、今度は俺のことなんか関係なく存分にうまい顔すりゃいい！
マーガレット　（呆気にとられながら）ありがとうございます……。（と受け取る）
ドクター　いいんだよバカ！　顔見せてもらったお礼だよ。じゃあな！
マーガレット　ごきげんよう……。

ドクターは跳ねるような足取りで去って行く。
マーガレット、ドクターがいなくなったとたん、ゴミ箱に猛然と飛びついて中[*27]のゴミを次々と出し、金目のものが無いか探す。
いよいよ憔悴し切った様子の別の乞食が来て、ベンチのすぐ近くに倒れ込む。[*28]

マーガレット　!?（と探すのをやめて）……。
乞食　（小さく）あああ……腹が減った……あああ……。
マーガレット　……お困りですか？
乞食　（マーガレットに気づいて）困っちゃいないよ……。
マーガレット　ですけど今お腹が減ったって……
乞食　（意地を張っているのか）言ってみただけだ……。

＊27　こういうところの間尺のとり方が、実はむつかしいのです。お手本はバスター・キートンだけれど、あんな風にできる人はまずいない。緒川さん、健闘してくれました。

＊28　あろうことか、この乞食を演じたのも、さらなる早替えを終えて顔に汚しを入れた植本純米くんなのである。あろうことかもなにも、やらせたのは私なのだが。面白いでしょ、同じ俳優が引っ込むなり別の役で出てくるの。

マーガレット　それなら結構ですけど……あとちょっとでベンチですよ。
乞食　だからなんだよ……。
マーガレット　いえ、あとちょっとでベンチなのになぁって。ですから、お腹が減り過ぎて——
乞食　ここが好きなんだよ。
マーガレット　そうですか……あの、よろしかったらこれ……。（とドクターからもらった札を）
乞食　なんだい……。
マーガレット　いえ、どうぞ。３チフリー……（思い直して一枚自分に抜き取り）２チフリーです。（と差し出し）どうぞ。
乞食　……。（受け取る）

やはり憔悴し切ったさらに別の乞食が来て、倒れ込む。

乞食　どうした……。
別の乞食　（小さく、絶望的に）俺は、もう駄目だ……。
マーガレット　（持っていた自分の１チフリーを）どうぞ。
別の乞食　え……。
マーガレット　１チフリーですけど、どうぞ。
別の乞食　……。（受け取る）

乞食 （納得いかぬ様子で、低く）どうして俺には2チフリーなのにこいつには1チフリーなんだい……。

マーガレット ごめんなさい。それしか持ち合わせがなくて。

別の乞食 （乞食に、「自分が我慢すればいいんだ」とばかりに）いいよ。しょうがねえよ。

乞食 いいことあるかよ。どうして俺には2チフリーなのにこいつには1チフリーなんだい……!?

マーガレット それはそうですけど、多くもらった方のあなたが文句を言うことないじゃありませんか。

乞食 俺は公平性のことを言ってるんだ！

別の乞食 （乞食に）いいんだって。

マーガレット ごめんなさい……。

二人共、ポケットからゴムでゆわえた札束を出すと、もらった札を一緒に束ねて再びポケットにしまう。

マーガレット !?

乞食 （スッと立ち上がり）行こう。

別の乞食 （同じく）おう。

二人の乞食、歩き出す。

マーガレット　（その背に向かって強く）待ちなさい！
乞食　あ？
マーガレット　なんですかあなたたちは⁉
乞食　なにが。
マーガレット　（声を震わせて）話が違うじゃありませんか⁉
別の乞食　話？
乞食　（別の乞食に）してねえよ話なんか。行こう。

二人、行ってしまう。

マーガレット　待ちなさい……（大声が出ず）返して……お金……。

へたり込むマーガレット。

3-4　路上

多くの乞食を含む人々が往来する中、盲目の女が一人、立って物乞いをしている。空腹のあまり、もはや目つきがおかしくなったマーガレットが来る。

マーガレット　……。

盲目の女　あわれなめくらにどうぞお恵みを。

何人かの通行人が、女が手にした缶に小銭を入れて行く。

マーガレット　……。

盲目の女　あわれなめくらにどうぞお恵みを。

マーガレット　……。

マーガレット、ひと気がなくなったのをたしかめると、女が手にした缶を覗き込む。

盲目の女　……。

マーガレット　（そっと缶に手をのばそうとした時）

盲目の女　かっぱらおうなんて考えるんじゃないよ。

マーガレット　！

マーガレット、慌てて逃げ出す。

風景変わって、やはり往来する人々の中、靴みがきをしている少女が浮かびあがる。
マーガレットがぼんやりと見ている。
少女は靴みがきを終えると、客から金を受け取り、嬉しそうにスキップしながら去って行く。

マーガレット　（眺めていたが）……。

マーガレット、そこらに落ちていたボロ布を拾うと、往来する乞食たちの中、立って新聞を読んでいる白いスーツ（に白い靴）の男に近づいて行く。

マーガレット　お待ち合わせですか……?
白い服の男　え?
マーガレット　靴、お磨き致しましょうか。
白い服の男　なんで。
マーガレット　お磨き致しますね。（とボロ布で白い靴を磨く。）
白い服の男　いいよ、わ!

靴、真っ黒になった。

マーガレット　……かえって汚れてしまいましたので1チフリーで結構です。
白い服の男　え⁉
マーガレット　本当は3チフリーなんですよ。
白い服の男　なんだ本当って、あっちいけキチガイ！
マーガレット　キチガイじゃありません。お腹がすいてるだけなんです。
白い服の男　知らないよ！
マーガレット　くださらないともう片方の靴も磨いてしまいますよ。
白い服の男　（叫んで）おい！　誰か警察呼んでくれ！

マーガレット、ヤケのように、ボロ布で男の白いスーツを力まかせにゴシゴシとこする。スーツは真っ黒に汚れた。

白い服の男　あああ！

マーガレット、逃げる。

4

4－1　王様とハム

前景より少し離れた路上。

パネルによって複雑な路が作られており、このパネルは俳優の動きによって縦横無尽に移動する。

歩いているマーガレットを呼び止めるトレンチコートの男。（中にはハイネック）

トレンチコートの男　あなた。待ちなさい。あなた。
マーガレット　（ドキリとして）あたし……!?
トレンチコートの男　（警察手帳を提示しながら）[*29] ちょっと来なさい。
マーガレット　なんですか……？
トレンチコートの男　向こうで説明するから。私の上司が待ってる。
マーガレット　え……。

＊29　ショートコントのようなスケッチから一転、男が手帳を見せたあたりから、一気にシリアスなムードにならなければならない。いきなり緊迫感を漂わせるのは大変だった。もちろん照明にも手伝って頂き、S．E．で不協和音のシンセを低く流し、以下の二人の移動に伴ってジワジワと音量を上げていった。男が実はただの露出狂の変態だなんてことを少しでも臭わせてしまったら失敗だし、そのことがバレる瞬間を効果的に見せるためにも、ひたすらサスペンスフルな時間を作らなければならなかった。と言っても、まあ、1分やそこらの間なのだけれども。

マーガレット、男に連れられて裏路地へと入って行く。

マーガレット　なんなんでしょう……靴の件ですか？
トレンチコートの男　靴？　靴がどうかしたんですか？
マーガレット　いえ……何かの間違いじゃないでしょうか。
トレンチコートの男　手間はとらせないから。
マーガレット　食事は出ますか？[*30]
トレンチコートの男　なに？
マーガレット　食事です。出ますか？
トレンチコートの男　あなたの態度次第だよ……こちらへ。

トレンチコートの男、粗末なバラックに入って行く。

トレンチコートの男　こちらです。
マーガレット　こんなバラックに？
トレンチコートの男　（先に入り、中から）早く！
マーガレット　失礼します……。

マーガレット、中へ入る。

＊30　こんな状況においても食事を求めずにいられぬほど、マーガレットは空腹なのである。

トレンチコートの男　（カチャカチャと音をたててベルトをはずしながら）どうかな、これなんだけど。

トレンチコートの男、素早くコートを脱ぎ捨てる。コートの下は裸（ハイネックは赤ん坊がつけるナプキンのように、首のところだけのダミー）だった。同時にズボンが落ちる。もちろん下半身も何も着けていない。

マーガレット　まあ！

トレンチコートの男　まあって。どうだ、すごいだろ……⁉

マーガレット　あなた警察の人じゃないわ！

トレンチコートの男　（股間を指さして）見ろよちゃんと！　さっきチラチラ見てたろ俺のこと！

マーガレット　見てないわよ！　食事は⁉[*31]

トレンチコートの男　（再び自分の股間を指し）食事だろこれが！　乞食女！　素直になれよ自分に！

トレンチコートの男、逃げようとするマーガレットを取り押さえる。

マーガレット　（悲鳴をあげて）誰か！

＊31　くどいようだが、空腹なのだ。

いきなりトレンチコートの男の頭にバケツが被せられる。

トレンチコートの男　わぁ！

マーガレット　⁉

突如現れたのは、王様と呼ばれている男とハムと呼ばれている女の兄妹である。

トレンチコートの男　なんだ！　急に夜になった！

王様　勝手に他人（ひと）んちに入って来てなに汚（きったね）えもん出してんだ！

トレンチコートの男　どちら様ですか⁉

ハム　（頭に被せたバケツを棒でガンガン叩きながら）[*32]この家の家主よ！　とっとと出てけ！

トレンチコートの男、悲鳴をあげながら出て行く。

ほぼ同時にパネルたちは消えていき、二人が暮らす「家」の内部が観客にも見えるようになる。テーブル代わりの電線巻きドラム、書棚代わりのフタ無し冷蔵庫、ベッド代わりのマット（二枚）、ヤカンの載せられた古くて小さなストーブ、木箱等が散在している。

マーガレット　ありがとう……おかげで助かったわ。

＊32　戯曲しか読んでいない方は、そんなことをされたらバケツをかぶせられた俳優（菅原永二）は脳震盪を起こしたり鼓膜が破れてしまうのではないかと思われるだろうが、大丈夫。
　大丈夫というのは永二が丈夫だという意味ではなく、人形にすり替わっているからである。あからさまに人形なので、むしろ巧みにではなく、あざといぐらいのすり替え方で入れ替えた。当然ながら、この後悲鳴をあげて逃げる時は再び人間にすり替わっている。

王様　別にあんたを助けたかったわけじゃねえよ。他人様んちで素裸になるとどういうことになるかをあいつに教えてやったんだ。ほらあんたも出てけ！

マーガレット　え……!?

ハム　いいじゃないの少しぐらい休ませてやったって。

マーガレット　そうよ。

王様　（マーガレットに）あんたが言うな！

ハム　（マーガレットに）そうよ……！

マーガレット　ごめんなさい……よろしかったらお部屋の方に上がらせて頂けない？

ハム　なんだって？

マーガレット　少しベッドで休みたいの。お家の中に――

ハム　お家の中よここが……！

マーガレット　（ものすごく驚いて）なんですって！

王様とハム、マーガレットの驚き様に思わず顔を見合わせる。

ハム　悪いけどやっぱり出て行ってくれる？

マーガレット　そんな意地悪言わないでちょっとだけ座らせて。お食事を頂いたらすぐに出て行くから。

王様　おまえに食わせるもんなんかねえよ！

マーガレット　別にあたしに食わせるもんじゃなくても構わないから。ね。[*33]
王様　(一瞬考えるが理解できず、ハムに)なに言ってんだこいつ。
マーガレット　ですから、あたしはとてもお腹がすいてるの。この際あなたたちに食わせるもんでいいからちょっとだけ分けてもらえない?
ハム　なにその頼み方。(マーガレットがボロボロのマットレスに座るので)ちょっと寝室に入らないで。
マーガレット　ごめんなさい。(と慌てて立ち上がる)
ハム　座りたいなら書斎に行って座って。
マーガレット　書斎ね。(とは言ったものの)どこが書斎?
王様　(傍にある木箱のほんの一画を指して)ここだろうがどう見たって!
マーガレット　あ。ここね。(と座って)ほんとだ書斎だ。
王様　……。
マーガレット　ああ疲れた……臭いわねここ。
王様　なん……他人(ひと)んち来て文句ばっかり言ってんじゃねえぞ!
マーガレット　怒らないでよ。(ハムに)あなたの御主人どうしてこんな怒りんぼさんなの?
ハム　主人じゃないわよ。兄妹。
王様　怒りんぼさん?
マーガレット　兄妹!? 乞食の兄妹!?[*34]
王様　おまえだって乞食の女だろう!

*33　マーガレットには、自分がおかしな理屈を言っている意識は皆無。真険そのものでなくてはいけない。なにしろ空腹なのである。

*34　マーガレットの見てくれはどう見ても乞食である。

ハム　落ち着いて兄ちゃん。どうやらこの人、こういう人なのよ。
王様　なんだよこういう人って。そんなこと言ったら兄ちゃんだってこういう人だよ。
ハム　だから、悪気は無いのよどうやら。（マーガレットに）でしょ？
マーガレット　悪気？　あるわけないわ助けて頂いたのに。
ハム　ほら。
王様　いよいよ理解できねえ。悪気も無いのにどうして臭いだの怒りんぼさんだの……え、（小声になって）キチガイってこと？　だったらいよいよ関わりたくないぞ兄ちゃん。
マーガレット　（聞こえていて）キチガイじゃありませんよ。
王様　（小声で）キチガイはみんなこう言うんだよ。
マーガレット　そんなこと言ったら兄ちゃんだってキチガイよ。
王様　（小声で）[*35]な、ほら言ってることわかんねえもん。
ハム　キチガイじゃないのよ。スレスレよ。
王様　（マーガレットに）出て行って頂けますか。[*36]
マーガレット　結構ですキチガイで。キチガイはどこに行けば今すぐ食べ物をもらえます？
ハム　んなもん……生ゴミ漁るか伝道所に行くしかないよ。
マーガレット　伝道所ってなに？　それはどこにあるの？
ハム　ツアーガイドじゃないんだよあたしたちは。自分で探しな。

＊35　三か所の「小声」を、上演ではピン・マイクでかなりの大きさに拡声している。発声はウィスパーなのだが、観客には普通の台詞より大きく聞こえる。私はこの遊びが好きで、ピン・マイクを使用する上演では頻繁に使う方法。

＊36　敬語にすることでかえってキツい態度にみえることってありますよね。

マーガレット　……わかった。いろいろありがとう。

マーガレット、ひどくしょんぼりとして出て行く。

王様・ハム　（少し可哀想になったのか）……。

マーガレットが違う方向へ行ったらしく、王様とハム、顔を見合わせる。

ハム　ちょっとあんた、そっちじゃないよ。

マーガレット、すでに姿が見えず、戻ってこない。

ハム　（大声で）あんた！
王様　（指笛を吹くが、ほとんど鳴らない）
ハム　吹けないなら吹かない。（大声で）あんたぁ！
マーガレット　（すぐ近くにいたかのような勢いで戻ってきて）マーガレットです。
ハム　（面喰らうが）……マーガレット、ついて来な。特別だよ。
マーガレット　ありがとう……！
ハム　今日だけだよ。
マーガレット　はい……！

三人、伝道所へ向かって歩き出す。
以下、歩きながら――

マーガレット　あなたたちは食べないの？
ハム　食べるわよ。
マーガレット　まっ！
ハム　〝まっ！〟って食べるに決まってるでしょう。
マーガレット　なぁんだ。なんだかんだ言ってあなたたちもお腹がすいてたのね。
王様　なんかいちいち腹立つなこいつ……。
マーガレット　なに？
王様　なんでもない……。
マーガレット　（ハムに）あなたの名前は？
ハム　メリィ。
マーガレット　メリィさん。兄ちゃんは？
王様　……いいよ俺は。
マーガレット　イーヨレワさん。
王様　「いいよ俺は」って言ったんだよ！[*37]
ハム　（少し笑って）わかってて言ってるのよマーガレットは。兄ちゃんからかわれてるのよ。

＊37　マーガレットが言う「イーヨレワ」のイントネーションは、「カーマニア」とか「バーバレラ」のそれであってほしい。ということは、王様の「いいよ俺は」も同様のイントネーションでないと（マーガレットが、聞き間違えたわけではなく、わざと言ってるにしても）しっくりこないという理屈になるが、試しに「いいよ俺は」を「カーマニア」と同じイントネーションで言ってみてほしい。訛っているようにしか聞こえない。なんとか、「訛っているわけではなく、たまたまそうしたニュアンスで発した」ように聞こえさせたいのだ。

王様　からかうな！　ぶちのめすぞ！
マーガレット　ほらまた。「怒りんぼさん」でいいわね。
ハム　いいわ。
王様　マスト！　マスト・キーロック！
マーガレット　マスト・キーロック。

三人の姿、見えなくなる。[*38]

4-2　仲間たち

三人が歩いている間に別のエリアは伝道所の中（ホームレスの食堂として使われているらしい）になっている。
広い部屋の中にいくつものテーブルが並び、多くの人が与えられた食事をむさぼるように食べている。[*39]
テーブルのひとつでドクター（先ほど公園にいた乞食である）とサーカス（と呼ばれる女の乞食）が食事を食べ終わらんとしている。

サーカス　眠れないってどういうことよ。
ドクター　だからね、眠れないいんだよ。ないかいサーカスそういうこと。

＊38　「ここまでの間に、すでに観客を、マーガレット、王様、ハムの〝トリオ感〟の魅力の虜にしなければならない」ということを、私は一度ならず俳優に向けて言った。大切なことだからだ。

＊39　結局、上演では舞台上にいるのはドクターとサーカスのみにし、音で周囲の様子を表現するに留めた。二人は横長のテーブルに並んで腰かけている。この後、人が増えるにつれ、横一列にズラリと乞食たち（とマーガレット）が並ぶことになる。

サーカス　ない。
ドクター　一度も？
サーカス　ないったらないのよ。
ドクター　だって……生まれてこの方、一度もないの？
サーカス　ない。
ドクター　（ものすごく感心して）へぇぇ……
サーカス　ドクターあんた、眠り方知らないいんじゃないの？
ドクター　いや、一応知ってるつもりだけどね……。
サーカス　どうやるの。言ってみて。
ドクター　どうやるって……まず眠ろうって思うだろ。
サーカス　思って？　それから？
ドクター　それから、横になって目をつむるんだよ。
サーカス　それから？
ドクター　それだけだよ……あとはじぃっと待つんだよ、眠くなるのを。
サーカス　どうして自分から行かないの。
ドクター　行くってどこへ。
サーカス　眠りにょ。
ドクター　だってよぉ……
サーカス　ドクターのは眠るんじゃなくて、眠りがやって来るのをただ待ってるんでしょバカみたいに。

ドクター　別にバカみたいにじゃねえよ。
サーカス　バカみたいによ。あんたのは眠らせてもらってるのよ。
ドクター　何に。
サーカス　眠りに。
ドクター　ああ……。
サーカス　眠るのよ。眠らせてもらうんじゃなくて。
ドクター　でもどうやんだよそれ。
サーカス　簡単じゃないの。「眠ろう」と思うでしょ。
ドクター　うん。
サーカス　それをそのまま（指先で落ち込む方向を示して）眠るのよ。
ドクター　（よくわからないのだが）うん……。
サーカス　……。[*40]
ドクター　酒を飲めば一発で眠れるんだけどなぁ。
サーカス　（ピシャリと）駄目よお酒は。
ドクター　（冗談めかして）飲まないよ。飲めば眠れるんだけどってそう言っただけじゃないか……。
サーカス　飲んだって眠れないのよ。そう思わなくちゃ駄目。
ドクター　（突如イラつき始めて）どうやって……！
サーカス　なにが。
ドクター　（みるみる興奮し、大声になって）どうやってそんな風に思うんだよ！「飲

＊40　私自身、この戯曲を書いていた時も、現在も、不眠に悩まされている。眠りに行くことができるなら行きたいもんだ。

んだって眠れない」なんて！　だって俺もうわかっちゃってるんだぜ、「飲みさえすりゃ眠れる」ってことをさ！

サーカス　**（周囲を気にしながら）**わかったわよ。わかったから。

ドクター　キタカゼっていうウォッカがあってよ。うまいんだ。こたえられない味だよ！　クィッと一口飲んだだけで命のあたりがヒヤリとするんだ……！

サーカス　興奮するんじゃないよ。また病院行きだよ。治療費払えないだろ⁉

ドクター　自分の身体のことは自分でわからぁ！**（一瞬何かたしかめるような間があって）**もうちょっとだけ興奮しても大丈夫だ。

サーカス　あたしゃもう行くよ。

ドクター　え行くの？

サーカス　行くよ。食べ終わったもの。

ドクター　**（甘えるように）**もうちょっといろよぉ。

サーカス　だってもう食べ終わったもの。

ドクター　いいじゃないか。もうちょっとだけいろよぉ。サーカスゥ。

サーカス　ドクター興奮するんだもの。

ドクター　もうしねえよ。今ちょうど興奮し終わったから。酒も飲まねぇよ。あんなもん飲んだって眠れねえ。

サーカス　空き瓶拾いに行かないと経済がまずいのよ。

ドクター　待てよ。ほら。**（と3場でゴミ箱から拾った財布を出して見せる）**

サーカス　どうしたのその財布。

ドクター　拾ったんだよさっき公園のゴミ箱で。だけどほら！（と札を出し）
サーカス　なに。
ドクター　ここ。（と札の一部を指す）
サーカス　（読んで）「こども銀行」。
ドクター　うん。
サーカス　おもちゃ？　全部？
ドクター　うん……まいったよ。字の読めねえ奴の店じゃないと使えねえ。これでよけりゃあ10チフリーやるよ。
サーカス　……じゃ一応。
ドクター　うん。（周囲をチラチラ見ながら嬉しそうに1チフリー札を一枚一枚渡し）なんか重大な取り引きをしてるみたいでドキドキするな。
サーカス　しないわよ。なんでしゃがんで一枚ずつ渡すんだい。[*41]
彼らの背後に配給の列に並ぶマーガレット、王様、ハムと、その他大勢の乞食が浮かびあがる。
マーガレット　（スープをよそってもらって）……もう少し頂けます？
配給係、もう少しよそってやる。

＊41　＊38と同様に、この短いシーンの間にドクターとサーカスの〝コンビ感〟の魅力が存分に発揮され、観客を虜にせねばならない。

マーガレット　……もう少し頂けます？
隣に並んでいた乞食　（早く進めと）おい……！
　マーガレット、配給係が隣の乞食によそおうとしたスープを自分の器で受けとめる。
隣に並んでいた乞食・配給係　⁉
ドクター　（見つけて）王様！
王様　（ハムに）ドクターだ。
ドクター　ここ来いよ。一緒に食おう。
王様　（驚いて）どうしたの、そんな金。
ドクター　大きな商談がまとまってね。（サーカスに）な。
サーカス　拾ったんだって。
ドクター　（嬉しそうに）あぁなんで言っちゃうんだよサーカスゥ！
ハム　すごいじゃない。
ドクター　すごいんだよ。（とサーカスを見る）
サーカス　なんでいちいち見るのよ。
ドクター　やるよほら。（とハムに向かって投げるように数枚の札を）
ハム　え⁉
王様　いらねえよ。

ドクター　どうして。
ハム　くれるって言うんだからもらっとこうよ。
王様　いらねえよ。（と突き返す）
ドクター　（苦笑して）いらねぇならいいよ……。（マーガレットに気づいて）あれ!?
　チキンの姉ちゃん。
マーガレット　先ほどはどうも……。
ハム　知り合い？
マーガレット　さっきお金を頂いて。
ドクター　な。座れよ座れよ。

三人、ドクターとサーカスの近くの椅子に座る。[*42]

サーカス　お金ってなにあんたコレあげたの？
ドクター　うん。言っとかねぇとな。（マーガレットに）あの金使えねえよ。
マーガレット　（食べることに夢中で）はい？
ドクター　ほら、こども銀行。
ハム　なんだ……
ドクター　使えないんだよ子供しか。
サーカス　子供だって使えないわよ。
ドクター　子供だって使えないいんだよ。

＊42　こうして、ヤングを除く「ベイジルタウン組」のメイン・キャラクターが顔を揃えた。
　乞食を演じてもらうにあたって、とくに指定したことはない。この作品はファンタジーなので、必要以上に生々しい乞食である必要はない。ポイントだけ押さえてもらえればそれでいい。
　どうしてこんなことを書いたのかというと、その昔、ある知り合いの役者が舞台でホームレスを演じるにあたって、一週間だか二週間だか、実際に公園でホームレス生活を体験したという話を思い出したのだ。役作りのために実地訓練をするのは俳優には珍しいことではないけれど、たしかその役者さんには当時、奥さんがいた。「役作りのために、一週間ほど乞食をやってくる」と告げられた

王様　（突如激昂して）なんでそんなものくれようとするの！　嫌がらせ⁉

ドクター　違うよバカ。

サーカス　何も考えてないのよこの人は。

ドクター　何も、何かは考えてるよ俺だって、バカ！（しゃにむに食べているマーガレットに）よかったな食い物にありつけて。うまいかい？

マーガレット　（猛然と食べながら）まずいです。

ドクター　まずいもんの食い方じゃねぇよ。（と皆に向けて笑う）

サーカス　そうだ王様。

王様　なんですか。

マーガレット　王様⁉

ドクター　王様だよ。

マーガレット　王様だったの兄ちゃん。

王様　うるせえ。こいつらが勝手にそう呼ぶんだよ。

ドクター　王様だよ。王様とハム。

マーガレット　ハム。

ドクター　俺はドクター。このきれいなおばちゃんはサーカス。（サーカスに）サーカス、俺のダチのチキン。

マーガレット　（サーカスに）マーガレットです。

ドクター　チキンだよ。チキンにしろよ……！

マーガレット　嫌ですチキンだなんて。

時、妻はどんな風に思うのだろうか。

王様　（子供が悪口を言うように）チキン。
マーガレット　（同じく）王様。
王様　チキン。
マーガレット　王様。
ドクター　認め合ってるよ。
サーカス　どこが？　罵り合ってんのよ。
ドクター　同じだろ。
サーカス　同じか。ねぇ王様。
王様　なんですか。
サーカス　王様はどうやって眠ってんの？
王様　どうやってって？
サーカス　眠れないって言うのよドクターが。
王様　眠るのにどうやるもこうやるもねぇだろう。
サーカス　（ドクターに）ほら。
ドクター　いやだけどよぉ、まず「眠ろう」と思うだろ。
王様　思わねえ。
サーカス　思わないんだ。
ドクター　眠ろうとも思わずにどうやって眠るんだよ。
王様　そんなもん、うわっと思ったら眠ってんだよもう。
ドクター　うわっと思ったら？

ハム　なんでうわっと思うのよ。
サーカス　それはなに、眠っちゃいけなかった時の話？
王様　（自分でもわからず）かな？
サーカス　「うわっ！　眠っちゃってるぅ！」って思うのね。
王様　かな？
ハム　（ドクターに）眠れないなら眠らなきゃいいじゃないの。
ドクター　（思いもよらぬ進言に）え？
ハム　だって眠れたからって、どうせまた起きるんでしょ？
ドクター　そりゃ起きるよ。
ハム　だったらずっと起きてたって同じじゃないの。
ドクター　なるほどなぁ……。

短い間。[*43]

マーガレット　乞食の皆さんはいつもこんな話をなさってるんですか？
ドクター　こんな話って？
マーガレット　どうでもいい話です。

短い間。[*44]

＊43、44、45　こうした「間」の空気を全員で作るのはとても楽しい。45に関して言えば、決してマーガレットを問いただす人間がいないことが面白い。もちろん、マーガレットに対して、少し頭がおかしいのだという誤解を含むからこその「……」ではあるが、それを差し引いても、こうした態度がベイジルタウンの人々の基本的スタンスでもあるし、優しさでもある。

マーガレット　え、どうしたんですか？
ハム　いや、食べるだけ食べて何を言い出すのかと思って。
マーガレット　ああ、いえね、私、普段株の変動や世界情勢についての話ばかりしているものですから。乞食の皆さんはこうなんだなぁと思って。
サーカス　**（怒るでもなく）**あんたも乞食よね。
マーガレット　**（一瞬、間をおいて）**ここだけの話、私はある大会社の社長なんです。ええ。わけあって今はこんなあれになってしまってますけど。
サーカス　乞食なんて大抵みんなそうなのよ。わけあってみんな今はこんなあれになってしまってますけどね。
マーガレット　あなた方の今はこれからもずっとでしょ？　私の今は、今だけなんです[*45]。
皆　……。
王様　**（突然ドクターとサーカスに）**そうじゃなくてね、こういう人なんだよ。悪気も無ければキチガイでもないんだよ。スレスレ。
ドクター　いい奴だよチキンは。知ってるよ俺は。たしかにちょっとばかりおかしいけど。
サーカス　**（冷やかして）**なに、好きになっちゃったのかい？
ドクター　バカ、何言ってんだよ！
ハム　**（笑って）**なに取り乱してるんですか。
マーガレット　ごめんなさい。あたしフィアンセがいるんです。

皆　……。
ドクター　ごめんなさいって、別に俺は……。
マーガレット　どんなフィアンセかって？　かっこよくて、仕事ができて……とっても優しくて……ええ。そんな風な人があたしの帰りを待ってくれてるんです……。
サーカス　へえ……。
王様　（吐き捨てるように）くだらねぇ……！

ボランティアの若い娘、スージーがワゴンを押して来る。

スージー　食べ終わりました？
ドクター・サーカス　（口々に）ごちそうさん。（とか）ごちそうさま。（とか）
ハム　あたしももういいわ。
マーガレット　え。
ハム　兄ちゃんもいいんでしょ？
王様　（粗雑な語気で）ああ。
マーガレット　（スージーに）じゃあこれ包んで頂けます？
ハム　包んで頂けませんよ。
ドクター　調子はどうだい、正夢のスージーちゃん。
スージー　まあまあです。

ドクター　いいなぁ眠れて。
スージー　（主に王様に）今日は……ヤングは一緒じゃないんですか？
王様　見りゃわかるだろ、一緒じゃねえよ。
スージー　ええ……。
王様　言っとくけどさ、俺はあいつの保護者じゃねえんだよ……！
スージー　わかってます……。
王様　帰ろう。（とサッサと行く）
ハム　待ってよ。（皆に）じゃ。（行く）

王様とハム、出て行った。

サーカス　（マーガレットに）一緒に行かないのかいあんた。
マーガレット　（王様たちの去った方を見ていたが）行きませんよ……。
サーカス　ああそう。
ドクター　（スージーにマーガレットを紹介して）スージー、チキン。
マーガレット　チキンです……。
スージー　どうも。
サーカス　じゃあね。（行く）
ドクター　待てよ。じゃあなチキン。（と追う）
サーカス　（ドクターに）空き瓶拾いに行かなくちゃいけないのよ。

ドクター　俺も一緒に拾うよ。
サーカス　嫌だよ、とれ高が半分になっちゃうじゃないの。
ドクター　そう言うなよ。
サーカス　言うわよ。

そんなことを言い合いながら二人去り、そこにはマーガレットとスージーだけが残った。

スージー　初めてですよね。
マーガレット　（聞こえておらず）……。
スージー　チキンさん。
マーガレット　（ハッとして）え。
スージー　初めてですよねここ来るの。
マーガレット　え、ええそう、初めて。ここはなに、一日に何度来てもいいの？
スージー　一応一日一回って決まりですけど、大丈夫ですよ。*46
マーガレット　何度来てもタダよね。
スージー　ええ、慈善団体が集めた寄付金でまかなってるんです。
マーガレット　ああ……じゃあ今度あたしも寄付するわね。
スージー　（面喰らって）チキンさんが寄付することありませんよ。
マーガレット　そう？

＊46　スージー役の吉岡里帆には「私はあなたの味方ですよ」というニュアンスを込め、周囲の耳をやや気にしながら、笑顔で言ってもらった。

スージー　そうですよ。いいですよ。
マーガレット　いいならいいけど……
スージー　いいですよチキンさんは。
マーガレット　チキンさんていうのやめて。
スージー　え……だって
マーガレット　マーガレットです。
スージー　マーガレットさん……あ……。**（ハタと何かに思い当たる）**
マーガレット　なによ……。
スージー　マーガレットさんて……マーガレットさんですよね……！
マーガレット　だからマーガレットよ。
スージー　マーガレットさんて人が来る夢をみました、この街に。
マーガレット　夢？
スージー　ええ。賭けか何かをして、婚約者を残してこの街に来るんです[*47]……そうか、あなただったんですね……！
マーガレット　……あなたの夢の中であたしが来たの？
スージー　来ました。来たんですけど……**（黙る）**
マーガレット　**（ので）**え……!?
スージー　いいえ……
マーガレット　**（みるみる不安になって）**来たんですけどなに……!?
スージー　来たところで終わりです、目が覚めて。

＊47　ここまで明確に事実と一致しているとなれば、マーガレットも、スージーの夢の予見性を疑ってはいられないだろう。この一言にこそドキリとする。多くの俳優は「夢？」と「あなたの夢の中であたしが来たの？」を、似たようなトーンで、あるいは均一のグラデーションを以て疑念を増幅させがちだ。ファンタジーかリアリズム演劇かは関係なく、そのような点には嘘がないよう心がけて演出した。

マーガレット　嘘でしょ……!?　来たんですけどなによ!?　言って！
スージー　ただの夢ですから。
マーガレット　あたしのことなんだからあたしには知る権利がありますよ。
スージー　あたしの夢なんで。ごめんなさい、あたしもう行かなきゃ。
マーガレット　ちょっと、待って。
スージー　ごめんなさい。

スージー、ワゴンを押して足早に戻って行く。

マーガレット　（その背に）スージー！

スージー、行ってしまった。

マーガレット　（急激に心細くなり、思わずフィアンセの名を）……ハットン……！

4－3　ヤング

数時間後。路上。憮然とした貴婦人、その後を、手を縄で縛られたヤングが警官（パト）に引かれて来る。

パト　（ヤングに）ほらちゃんと歩け！　シャンとしろシャンと！
ヤング　……。
貴婦人　あの、あたくしやっぱりここで。
パト　は？
貴婦人　主人を車に待たせておりますので――
パト　では御主人にも御同行頂いて……こうしたことはきっちり償わせませんと。
貴婦人　**（困惑して）**この通りバッグは戻ってきたので。**（とハンドバッグを掲げる）**
パト　返しゃいいと思わせたらまたやるんです。
貴婦人　ですけど、償えと言ったってお金が無いからやったわけですよねこういうこと。
パト　（ヤングに、**キツい口調で**）そうなのか⁉
ヤング　……。
パト　そうだそうです。せめてきっちり調書をとった上、書面で謝罪させます。（ヤングに）２年は出られんぞ。半年間は雨水だけだ。いいな。
貴婦人　なにもそこまでなさらなくても――
パト　いえいえ、先ほどあなたもおっしゃってたように甘やかしちゃいけないんです。
貴婦人　それはそうですけど――
パト　そうです。（ヤングに）覚悟しろよ。朝から晩まで穴掘って、翌日はその穴

を埋めるんだ。楽して浅く掘ったりしてみろ。おまえが埋まることになるぞ。

貴婦人 ……。

ヤング ぶち込まれる前に何か食いたいんですけど。

パト あん？

ヤング 半年間食えないなら、最後に。

パト **（ヤングの頬を強くつねって）** どの口が言うんだ、どの口が！

貴婦人 いいじゃありませんかそのくらい。**（財布から札を出して）** これで何か食べなさい。

パト **（制して）** そういうことなさるとつけあがるから。

貴婦人 いいんです。**（と札をヤングの手に押しつけ）**[*48] ではあたくしこれで。**（逃げるように行く）**

パト **（その背に）** この辺りは物騒なんでくれぐれもお気をつけて。

貴婦人 **（行きながら）** はい。どんなに我慢できなくても、もう二度とこの街で車を降りてトイレットを探すようなことは致しません……！

貴婦人、去った。

ヤング **（態度を変えて、つねられた頬を）** 痛え（いって）な……。

パト **（同じく態度を変えて）** なにやってんのおまえは。ひったくるなら逃げろちゃんと。

---

*48 上演では、パトの目を盗んでスッと札を渡しているのであるが。すぐにパトは気づく

ヤング　あんな足速えと思わなかったんだよ。（縄を）といてくれよこれ。
パト　ったく……。（と縄をはずしてやりながら）来たのが俺だったからよかったようなものの……ほどほどにしろ。
ヤング　しょうがねえだろ。昨夜宿屋で盗んだ鞄に一銭も入ってなかったんだから。
パト　それじゃまあしょうがねえけど……。（ヤングが握っていた札をスッと取り）この金は見逃し代としてもらっとく。
ヤング　ええ!?
パト　なぁんてね。（返す）
ヤング　なぁんてねじゃねえよ。
パト　なぁんてねじゃねえよじゃねえよ。王様に言いつけるぞ。
ヤング　（真剣になって）またそういう、やめろよ！
パト　（その様を笑って）ハハハハ。またボコボコにされるぞ。
ヤング　笑ってんなよ。やめろよホントに！
パト　言わないよ。

スージーが来る。

パト　スージー。
スージー　（二人に気づいて）……また何かやったんですかこの人？（ヤングのこと）

パト　（神妙な顔つきで）夢にみなかった？
スージー　（不安になって）いえ。どうしたんですか……
パト　人刺しやがって。意識不明だよ。
スージー　え……！
パト　なぁんてね。（笑う）
スージー　（パトの頬を思い切り張る）
パト　痛いよスージー！
ヤング　働けよ警察！
パト　働いてない奴に言われたかねえよ！　じゃあな！

パト、歩き出す。

ヤング　（ある程度の距離をもってから、ぶっきらぼうに、ボソリと）ありがとうパト。
パト　え？　なに？
ヤング　働けって言ったんだよ。
パト　働くさ痛くても！

パト、去った。[*49]

スージー　あたしああいう冗談嫌いよ……。

＊49　パト（尾方宣久）の出演場面はこれで終わりだが、執筆中にはまだもう一場面か二場面、登場することになるだろうという想定で書いていた。だからそれなりに魅力的な人物にせねばと苦心していることが、たったこれだけの分量からも伝わってくる。これで終了だとわかっていたら、もう少しサラリと書いていたと思う。後半はミゲールの存在が膨らんでしまい、尾方にはそちらに専念してもらいたかった。パトどころではなかったのだ。と、こんな書き方をすると、またパトが夢の中に出てきて、私は彼に言い訳しながら謝ることになるのだろうな。しょっちゅうあるのです。「役者」ではなく「登場人物」が夢に現れる。彼ら彼女らは、決まってメインとは言えないポジションにいた人物なのです。

ヤング　知ってるよ……。
スージー　なにをやらかしたの今日は。
ヤング　（スージーが手にした紙包みを）それ俺の食い物？
スージー　答えないとあげないわよ。
ヤング　ハンドバッグひったくろうとして失敗したのをパトが助けてくれたの。
スージー　……（包みを渡して）やるなら失敗しないようにやりなさいよ。
ヤング　ちぇっ、パトと同じこと言ってやがら……。
スージー　今日のは伝道所の残りものよりずっとマシよ。
ヤング　（嬉しそうに）なに？　おまえの手作り？
スージー　（少し顔が赤らんで）なんであたしがヤングの為に手作りなんかするのよ。母さんが。
ヤング　君の？
スージー　ウズラのパイを焼いたって。
ヤング　（やや面喰らって）あ、そう……。
スージー　あとこれ。（と質素な封筒に入った手紙を）
ヤング　（受け取って）なに？
スージー　母さんからの手紙。
ヤング　俺に？（と封筒の封を破りかける）
スージー　あたしがいなくなってから読んで。きっとラブレターだから。
ヤング　え!?

スージー　じゃあね。（行こうとする）
ヤング　待てよ！
スージー　（立ち止まり）なによ。
ヤング　なにラブレターって。
スージー　好きなんだって、あんたのこと。
ヤング　（ギョッとして）何言ってんのおまえの母ちゃん。
スージー　だって頼まれたんだもの。じゃあね。
ヤング　待てって。母ちゃんに言えよ。
スージー　なんて。
ヤング　何言ってんのって。
スージー　言ったわよ。言ったけど目が本気なんだもん。[*50]
ヤング　……50過ぎだろおまえの母ちゃん。
スージー　若ければいいんだ。
ヤング　そういうことじゃねえよバカ。
スージー　……どんな気持ち？
ヤング　どんなって――キツネ狩りに行ったらカバが罠にかかってたみたいな気持ちだよ。
スージー　伝えとく。（行こうと）
ヤング　（慌てて止め）いいよ伝えなくて！　別におまえの母ちゃんがカバだっていうあれじゃないからな!?　え、でどうすりゃいいの俺。

＊50　このあたりのスージーの状態は、様々な演じ方ができるものの、目指すべきは、笑えて、なおかつ説得力のある状態、スージーという少女のキュートさが見えて、しかも「うん、いるかもしれない、こういう人」と思わせるようなありかただ。演じてくれた吉岡里帆には稽古で苦労を強いたと思う。彼女は明らかにヤングに好意を寄せていながらも、「恋をする上では誰もが平等だ」とばかりに母親を応援しているような節もある。客観的にみると「どっちなんだよ」という状態なのである。

スージー　知らないわよあたしは。

ヤング　読まねえぞ俺これ。

スージー　なんでさ、読んであげてよ。母さん何度も書き直してたんだから。

ヤング　おまえあっち側つかずにこっち側につけよ……！

スージー　あっち側？

ヤング　いいよ。ともかく読まねえから。

スージー　どうしてよ。

ヤング　絶対ヘンな気持ちになるもん。

スージー　ヘンな気持ちって？

ヤング　なるだろヘンな気持ちに。なんでなんないのおまえヘンな気持ちに。（座りながら）勘弁してくれよ。渡すなよこんなもん。

スージー　だってあんまり一生懸命だから……。

ヤング　座れば……？

スージー　いいよ。（否定の意）

ヤング　座れって。

スージー　……。（座る）

座れと言ったものの、ヤング、しばし言葉も無く——

遠くから、誰かが練習するヘタクソなトランペットの音が聞こえてくる。

気まずいような照れ臭いような沈黙。

ヤング　……。
スージー　……。
ヤング　臭くないだろ、今日は。
スージー　え？
ヤング　シャワー浴びたから。先週雨降ったろ、あの日。雨のシャワー。
スージー　ああ……

短い間。

ヤング　（沈黙が否定のように感じられて）どうなの。臭いのか臭くないのか。
スージー　まずまずよ。
ヤング　まずまずって……。
スージー　慣れちゃうのよああいうところで働いてると。
ヤング　……。
スージー　さっき王様たちが来たわ伝道所に。
ヤング　そう……。
スージー　あたしの夢に出てきた人を連れて。
ヤング　……また夢をみたの？
スージー　うん、みちゃった。

ヤング　どんな人？

スージー　初めて会う人よ。女の人。マーガレットっていう――

ヤング　それ、ホントにおまえの夢に出てきた人？

スージー　ええ……顔は夢の中ではわからなかったけど、名前が一緒なの……マーガレットっていう女の人が婚約者を残してこの街にやって来て、街中を壊すのよ……何もかも。

ヤング　え、そんなのが来ちゃったの伝道所に。

スージー　来ちゃった。

ヤング　……壊せそうな人だった？

スージー　壊せなさそうな人だった。

ヤング　……。

スージー　……偶然ねきっと。

ヤング　偶然だよ。

ハットンの双児の兄（乞食）がブツブツ言いながら来る。彼の名前もハットンという。後にわかるが、前出のハットンは偽名なのである。なので、本来はこちらをハットンと書くべきなのであろうが、すでに偽名のハットンをハットンと記してしまった以上、ややこしいのでこちらはハットンの兄とする。

ハットンの兄は相当頭が弱い。

二人、気づいて見ている。

ハットンの兄　耳か、耳のところが……そうだったんだろ？　それをさ、それをね、誰かに言ってやりたいなぁと思ってさ……あ、でもなぁ、呼んでもねぇ、来たのがそんなこと言ってもしょうがない誰かだったら……耳んとこの、ねぇ……「空に花が咲いたね」って言って、水道、「そうだね！」って、「お髭が生えましたよぉ！」ってね。うん。あ耳か、耳のところが……（二人に気づいて黙る）

ヤング　（友好的に）元気かハットン。

ハットンの兄　……。

スージー　こんにちは。

ハットンの兄　な〜にをおっしゃいますかぁ！

ハットンの兄、そう言うと一目散に来た方へと戻って行く。

ヤング　あれ、戻ってっちゃうの？（呼んで）ハットン！（行ってしまった）……今日は駄目だな。もう少しわかり合える日もあるのに。

スージー　この前伝道所に来た時は水道の歴史を延々喋って、みんな感心してたわ。

ヤング　うん……。

短い間。
遠く、教会の鐘の音が聞こえている。

スージー　（立ち上がって）そろそろ行くね。
ヤング　ああ。
スージー　じゃあね。
ヤング　ああ。
スージー　（行く）
ヤング　スージー。
スージー　……なに？
ヤング　次のキャンプファイヤー来るだろ？　20日後。おまえの誕生日？　偶然だけど。来るんなら来いよ。
スージー　うん……行くよ。行くつもり。誕生日だし。
ヤング　偶然だけどな。来るなら来いよ。
スージー　うん。行く。じゃあね。
ヤング　ああ。

スージー、去る。
ヤング、嬉しさのあまり、思わずこぼれてしまう笑みを隠せない。

ヤング　（ふと、スージーの母親からの手紙に目を止めて苦い顔になり）[*51]……。

ヤング、封を切って手紙を取り出しひろげる。
別のエリアにスージーの母親の姿が浮かびあがり、ヤングが読んでいる手紙の内容を語る。

スージーの母　こんにちは、ヤングさん。あなたがこの手紙を破り捨てることなく、こうして読んでくれて良かった。本当に良かった。年甲斐もなく私はこの頃、あなたの事ばかり考えています。

ヤング　……。

スージーの母　娘のスージーがあなたと仲良く歩いているのを見かけたりすると、無性に腹が立ち、嫉妬で焼かれてしまいそうです。馬鹿な母親ですね。でもヤングさん、あなたに恋してしまったのですから仕方がないのです。なんてことが書いてあるとあなたが想像していたかと思うと虫酸が走ります。

ヤング　!?

スージーの母　私が愛するのは亡き主人ただひとりです。自惚れるのもいい加減になさい……！　恥知らず[*52]！

ヤング　……。

スージーの母　ラブレターだとでも言わないとあの子は手紙を渡すことをしないでしょうし、あなたにはこうしてでも言っておきたいことがあるのです。いいで

＊51　上演においては、笑顔で立ち去ろうとしたヤングが手にした包みから手紙が落ちる、という段取りだった。

＊52　この台詞でスージーの母とヤングの視線が合うという演出。

すか、私の娘に近づかないで……！　大切に育ててきた娘に乞食が近づくのを黙って見ている母親がどこにいるでしょう……!?　馬鹿でもわかることです。今度もまた、あなたたち乞食仲間でキャンプファイヤーだかをやるそうですね。スージーには絶対にそんなところには行かせません！　私にはあの子を乞食共の毒牙から守る義務があるのです。その日はあの子を遠い街の親戚の家に連れて行き、８人の従兄弟たちに見張らせる算段がついています。どの従兄弟も海兵隊に入っていた屈強な子ばかりです。あなたが彼らを見たらさぞかし縮みあがることでしょう。あなたもいい加減身の程をわきまえて、今後一切あの子と会おうなどと厚かましい事は考えないことです。おとなしく乞食のお嬢さんとでも仲良くなさるが（いいわ）

ヤング、手紙を勢いよく破る。

スージーの母　（ので）あ[*53]！

＊53　言うまでもなく、同時にスージーの母への明かりが消える。

5

5－1　雨の中の手品

舞台上のどこかに「到着、二週間後」という字幕が投映される。

薄暗いロイド社の一室で、スクリーンに投映された映像を見ているハットンとチャック。配線によってプロジェクターは水晶玉につながれており、水晶玉の近くでは霊能力者らしき女（オババ）が玉に念を送っている。（始まってしばらくは暗くて彼らは見えない。）

スクリーンに映るアニメ映像は、まず王様とハムが暮らすバラックの全景をとらえ、ズーム・インして、やがて彼ら二人にマーガレットを加えた三名の実寸大となる。周囲には4－1で舞台に置かれた電線巻きドラムやフタ無し冷蔵庫、マット、木箱に加え、床に散らばった敷物代わりのタイルや新聞紙やちぎれた絨毯なども見え、ブリキとタイルの壁、半分以上崩れて空が丸見えになったブリキ板の天井なども認識されたい。[*54]

三人、テーブル代わりの電線巻きドラムを囲んでトランプ（ババ抜き）をやっ

＊54　このシーンでのアニメ映像は、稽古場で実際の俳優によって実演してもらったものを撮影し、それをシミュレートしてアニメ化する、という方法をとった。シミュレートと言っても、もちろんアニメならではのデフォルメは多々施してもらったわけだが。

ているのだが、カードを抜くばかりでいっこうに合わず、三人共手元の枚数が減らない。これが二周ぐらいあって——

王様　（カードを引いて）あれぇ⁉

マーガレット　（カードを引いて）全然合わない。

ハム　やっぱり駄目よこれ。ババ抜きやるにはちゃんと全部ないと。寄せ集めのトランプじゃ。

マーガレット　何枚あるのこのトランプ。

王様　二十七、八枚？　その代わりハートのエースが3枚もあるよ。

マーガレット　その代わりって——やめましょう。（カードを電線ドラムの上に放る）

ハム　やめましょ。（同じくカードを放る）

王様　なんだよ。

いきなり、雷鳴と共に雨が降ってくる。どしゃぶり。

三人　わ！

ハム　チキン、傘。

マーガレット　うん。

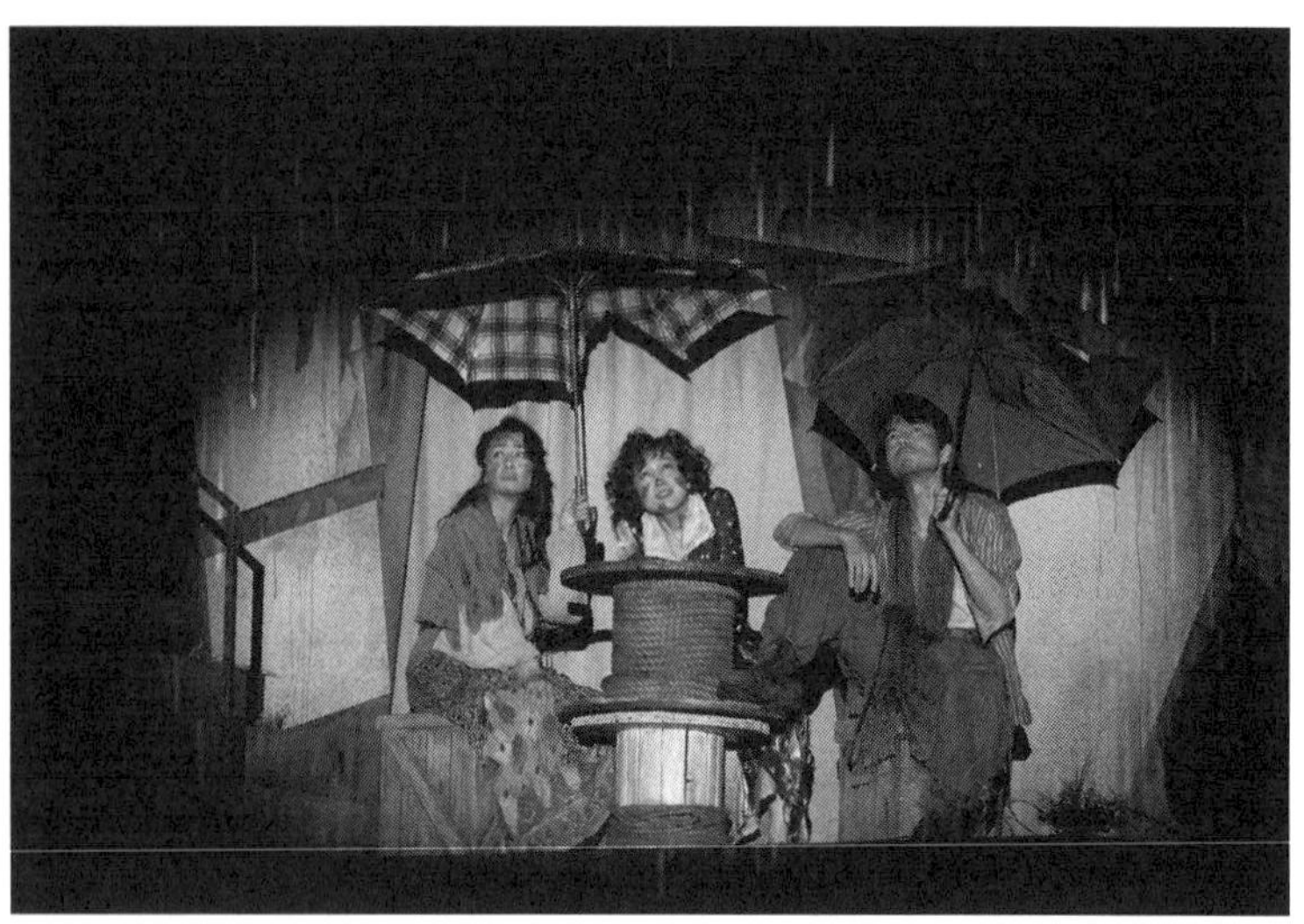

マーガレット、傘を取りに行く。

王様　どうする。寝るかもう。

ハム　まだ早いでしょう。

王様　やることなくなったら寝るしかないだろう。

ハム　もうちょっと小降りになってからにしましょうよ。

マーガレット　（傘を）はい。

マーガレット、ボロボロの傘を二本持ってきて、三人、さす。（マーガレットとハムは同じ傘に入る）

ここらまでがアニメ。スクリーンが無くなって、以下は実演になる。

マーガレット　でどうするの？　トランプ手品でもやる？

王様　なに？

ハム　できるのチキン？

マーガレット　昔パパに教わったから。

ハム　やって……！

マーガレット　（少し得意気に）いいわよ。

王様　（懐疑的に）不思議なのぉ？

マーガレット　（少しカチンときて）不思議よ。

王様　どのくらい不思議なのよ。
ハム　見ればわかるでしょどれぐらい不思議かなんて。やるって言ってるんだから。
王様　やれよじゃあ。
マーガレット　よし、ここに一組のトランプがあります。
王様　わかってるよそんなこと。今までやってたろババ抜き！
マーガレット　こういう風に言うのよ最初に。
ハム　兄ちゃんつべこべ言わずに見なさいよ。
王様　……。
マーガレット　はい王様、一枚引いてください。
王様　（引いて）これのどこが不思議なんだよ。
ハム　まだ不思議じゃないのよ……！
マーガレット　せっかち！（ハムに）なんでこんなにせっかちなの。
王様　（面倒臭そうに）どうすんのこれ。
マーガレット　戻して。（王様、戻す）はい、よく切ります。（切る）さてさて、王様の引いたカードは……（一番上のカードを提示して）これですね!?
王様　……覚えてねえよ。
マーガレット・ハム　ええ!?
ハム　覚えなさいよ！
王様　覚えろなんて言われなかったからさぁ！

マーガレット　言われなくたって覚えるわよ普通！
ハム　そうよ！（マーガレットに）もう一回やって。
マーガレット　いいわよもう。
ハム　もう一回やってあげてよ、悔しいのよなんか。
マーガレット　ああ……兄ちゃんの不甲斐無さが？
ハム　そうね、兄ちゃんの不甲斐無さが。
王様　……。
マーガレット　はいじゃ引いて。早く！
王様　（急かされて、仕方なく引く）
マーガレット　（引くなり）覚えた⁉
王様　今から覚えるところだよ。
ハム　早く覚えなさい！
王様　覚えたよ。
マーガレット　（さらに急かして）覚えたら早く戻す！
王様　（戻す）
マーガレット　切ります。（と言いながらものすごい速さで切って）さてさて王様の引いたカードは……（指をカードから王様の上着のポケットへと移動させながら）ヒューッ……。
王様　なんだよヒューッって。
マーガレット　はい、ポケットの中を見てください。

王様　あ。（ポケットの中からカードを出し）
ハム　あ！
マーガレット　王様、あなたの引いたカードですね。
王様　（見て）……
ハム　まさかまた忘れたの⁉
マーガレット　ええ⁉
王様　（やや気まずく）ヒューとか言うからだよ。
マーガレット　ヒューって言ったぐらいで忘れちゃうのあなた。
王様　だってなんだよヒューって。
マーガレット　言うのよ。パパも言ったもの。
王様　（ひどくおざなりに）じゃあ合ってるよ。俺の引いたカードだよ。ブラボー。
（拍手）
マーガレット　覚えてないのに適当なこと言わないでよ！　ああもうやらなきゃよかった！
ハム　でもポケットに移動しただけでもすごいよ。驚いたもんあたし。
マーガレット　（釈然としないが）うん……
王様　これ最初からポケットに入ってたんじゃねぇか？
ハム・マーガレット　え⁉
王様　だからほら、俺さっきババ抜きやる時にあれしてポケットに。
マーガレット　何よあれって！　違うわよ何言い出すのかしら……⁉

ハム　違うわよ。
王様　いいよもう。ああまたノミに噛まれてる！（背中を闇雲に引っ掻きまわす）
マーガレット　……（ハムを見る）
王様　（背中に回した腕が）あ、つった！
ハム　（呆れるあまり笑ってしまう）
マーガレット　（もつられて笑い出す）
王様　え？（笑う）

雨の中、笑っている三人。

5-2　裏切り

ハットン　（オババに）もういい。大体わかった。
オババ　はいよ。（念を送るのをやめる）

映像（実演だが、彼らにとっては映像だった）、消える。スクリーンが同じ場所に現れる。

チャック　これが昨夜の社長の様子ですか。しかしすごいですね、ＶＴＲを撮るでもなく、念だけでこんな鮮明に。すごいな、念（水晶玉に触る）。

オババ　触るんじゃないよ！

チャック　すみません。（ハットンに）それにしてもよかったですね、社長お元気そうで。

ハットン　（どこか思い悩むような様子で）うん……。

チャック　よく二週間もあんな街で……思ったよりずっとお元気そうですよね、お友達もできたようで。むしろ出発前より潑剌としてますよ……！

ハットン　そんなことはないよ……。

チャック　そんなことはないですけど。でも潑剌として見えましたよね。

ハットン　見えない。

チャック　……でも野垂れ死にしてないってことだけはたしかですからね。社長よく頑張った！

ハットン　まだ二週間以上ある。

チャック　ありますけど、大丈夫でしょうあの調子なら。

ハットン　まだわからんだろう。

チャック　まあたしかにこれから野垂れ死にして、来週には死体の目玉んとこカラスに突つかれてるかもしれませんけどね。

ハットン　そこまでは言ってない……！

チャック　ですね。まだカラスの奴も目玉までは突ついてないかもしれません。

ハットン　なんなんだおまえの尺度は！　極端！

チャック　ですけど残りの二週間もこうしてマメにこの方（オババ）に、念であれして頂ければね。安心ですよね、少しはね。
オババ　（水晶玉を、らしからぬハードケースに片づけ終えていて）そろそろ次があるんだけどね。
チャック　あ、ありますか次が。じゃ今小切手を。（小机に向かい）次回は5日後でしたよね。（と引き出しから小切手を出す）
オババ　水曜日ね。
チャック　さぁてどうなるのかな社長。楽しみですね続きが！
ハットン　テレビドラマじゃないんだよ！
チャック　（真顔になって諭すように）テレビドラマじゃありませんよ。実際に起こってることです。絵空事じゃないんです……！
ハットン　（その態度に呆気にとられ）……
チャック　（小切手に書き込みながら）3万チフリー。（小切手を小切手帳のミシン目からちぎる）
ハットン　2万でいい。
チャック　え。
ハットン　いいよ2万で。
チャック　はあ。（と小切手を丸めて捨て、新たに）2万チフリー。（と書き込んで小切手帳からちぎる）
オババ　（誰に言うでもなく）あの女の名前なんて言ったっけかね？

チャック　あの女？

オババ　今の。（とスクリーンを指す）

チャック　社長ですか？　マーガレット・ロイド様です。

オババ　（かぶせて）じゃなくて、もう一人の。

チャック　もう一人？　乞食ですか社長のお友達の。さあ。

ハットン　（内心の動揺が見えつつ）３万チフリーで切れ。

チャック　え。

ハットン　小切手。

オババ　たしか兄妹だったよねあのでかい男と（あの女）

ハットン　４万チフリーで切れ。

チャック　はい……!?

ハットン　４万チフリーだよ。

チャック　はい……４万チフリー（と書き込んでちぎる）。

オババ　（小切手を受け取る）

チャック　（オババに）え、お知り合いなんですかあの二人。

オババ　（知らばっくれて）あの二人？

チャック　ええ、今の、乞食の――

オババ　（同じく）乞食？

チャック　あれ……？（でハットンに、何を言うかと思えば）私脳波の方の検査した方がいいですかね。

ハットン　した方がいいよ。
オババ　じゃ水曜日ね。
ハットン　チャック、執事が呼んでただろ。
チャック　はい？
ハットン　いいのか行かなくて。
チャック　ミゲールが？
ハットン　呼んでたろ。
チャック　いつ？
ハットン　今。
チャック　今？　今というのは——
ハットン　今だよ。
チャック　今というのは、私が「今というのは」と言った今？
ハットン　そうだよ。行かないと。
チャック　（行きながら）明日にでも脳波の検査を予約します。
ハットン　うん。

チャック、去った。

オババ　（ハットンがチャックを追い払ったことを察しており）なんだい？　次があるんだよ。

ハットン　（声をひそめて）余計な事言うな。
オババ　じゃ呼ぶなよ私を。誰か他の術師に頼みな。
ハットン　こんな器用なマネできる術師オババしかいないだろ！
オババ　オババって呼ぶな。まだ34だ。
ハットン　34⁉　30代の前半……⁉[*55]　歳下⁉　だってあの頃もずっとオババって
――え、あの頃まだ20代……⁉
オババ　老け込むんだこの商売は。
ハットン　わかるけどさ……。
オババ　おまえさん今ニコリともしないで見てたね……婚約者が無事だったたってのに。
ハットン　人の面なんか観察してねえで水晶玉に集中しろよ。
オババ　いい加減心を入れ替えたらどうなんだい？　可哀想に。ガマレットとか言ったっけ？
ハットン　マーガレットだよ。
オババ　彼女に一体いくらかけたんだい生命保険。
ハットン　え……⁉
オババ　あんたを次期市長選で当選させてやりたい、その一心であんな危険に身を晒してるというのに――
ハットン　……。
オババ　わかるよそのぐらい。何十年術師やってると思ってんだい。

＊55　細かいことであるが、上演ではハットン役の山内圭哉は「30代の……前半⁉」という感じで、「前半⁉」の前にやや間をとり、「前半⁉」を立てるように台詞を発している。「30代であるだけでも驚き」なのに、しかも「前半」なのか！　というわけだ。私がことさら言葉にせずとも、圭哉はおのずとその言い方を選択してくれた。
ちなみにサーカスと二役でオババを演じた犬山イヌコは、数年前に『百年の秘密』という舞台で、12歳の少女から78歳の老婆までを演じた。役者さんというのはつくづくすごいと思うのです。

ハットン　知らねえよ。何十年てまだ34なんだろ。
オババ　嘘だよ。
ハットン　嘘かよ……！　なあ、もらうものもらってんだからこっちの事情に首突っ込まないでくれねえか。
オババ　相変わらず身勝手な男だ……。
ハットン　どう思うあんた。あいつあと二週間無事でいけちゃうと思うかい。いけちゃうならいけちゃうで……
オババ　身の振り方を変えなきゃか。
ハットン　いや、なんとかいけねえようにしねえと……。どう思う。
オババ　知らないよ。何相談してんだ首突っ込むなって言いながら。
ハットン　……。
オババ　わかるよ、おまえさんが今何考えてるか。しかし狭い街だ……あんたの婚約者よりによってまずい相手とつるんじまったもんだね。誰か聞いてるね。
ハットン　!?

オババの視線の先の物陰にミゲールの姿が見えた。

ミゲール　（こわばった表情で）失礼致します……。
ハットン　どこから聞いてた……。
ミゲール　いいえ、もう、最後の「誰か聞いてるね」ってとこからでございます。

オババ　行くよ。（と歩き出す）
ハットン　（制して）おい。
ミゲール　（かまわず去って行くオババに）御苦労様です。

オババ、去った。

ミゲール　……。
ハットン　ミゲール。
ミゲール　はい。
ハットン　おまえがどう勘ぐろうと勝手だが
ミゲール　（遮って）勘ぐってなど……
ハットン　うん……。本当はもうちょっと前から聞いてたよな？
ミゲール　（うわずった声で）滅相も無い、最後の「誰か聞いてるね」ってとこからです。生命保険の件などはまったく。（すぐにハッとする）[*56]
ハットン　うん……（と近づいて行く）
ミゲール　（思わず後ずさりながら）私は……私は今すぐマーガレット様をお迎えにあがります……！　私はお嬢様が御幼少の頃よりお側に仕えておりますが……！　マーガレット様が私のお世話なくお過ごしかと思うと……マーガレット様をお守りするのが私の生きがいでございます！　どうか、どうか行かせてくださいませ！

＊56　本来、こうしたベタな笑いは私の好みではないのである。ないのであるが、もうここらへんを書いている時には、この芝居ならアリかなと思い始めている。書いている時は気恥ずかしいのだが、稽古場で役者に演じてもらうとなかなかに楽しかったりもする。結果、『ベイジルタウンの女神』には随所にベタな笑いが散りばめられることになりましたとさ。

ハットン　（軽く）いいよ。
ミゲール　（拍子抜けして）よろしいですか……？
ハットン　もちろん。あじゃあちょっとそこのドア開けて。

ハットン、そう言うとドアを示す。

ミゲール　はぁ。（開ける）
ハットン　入って。
ミゲール　はい。（入る）
ハットン　閉めてちゃんと。
ミゲール　はい。（閉める）

ハットン、すぐさま鍵をかける。

ミゲールの声　あ！（ノブをガチャガチャして）グリーンハム様！　なぜか鍵がかかってしまったようです！[*57]　開けて頂けますか！（激しくノックして）グリーンハム様！　社長代理！
ハットン　来月には社長だ！
ミゲールの声　（一瞬黙り）……こんなことをなさって、神様はちゃんと御覧になってますよ！

＊57　ミゲールは明らかに閉じ込められたのだが、いきなり「開けてください！」とは言わせたくなかった。ミゲールの人柄と立場を考えれば、まず発すべき言葉は、自分の過失でもあるかのような「なぜか鍵がかかってしまったようです」だろう。

ハットン　見てねえよ！
ミゲールの声　見てますよ！
ハットン　見てない！　もし見てるとしたら見て見ぬフリしてるってことになるよ。
ミゲールの声　罰あたりな！
ハットン　だってそうだろう！　ずーっと放置されてるぞ俺は！
ミゲールの声　……。
ハットン　ずーっと放置されてるぞ俺は！
ミゲールの声　……。
ハットン　ずーっと放置されてるぞ俺は！
ミゲールの声　……。
ハットン　なんか言えよ！
ミゲールの声　……。
ハットン　ミゲール⁉
ミゲールの声　……。
ハットン　？

ハットン、鍵を開けドアを開いて中を覗くが、どうやらミゲールの姿が見当たらないようで、中へ入って行く。
チャックが戻ってくる。

チャック　ミゲールが見当たりません。（ドアから出て来たハットンに）どうしました？

ハットン　（出て来て）ミゲールがいない。

チャック　そうなんです。ミゲールがいないんです。

ハットン　いなくなったよミゲールが……！

チャック　ええ。大丈夫ですよ、完全に一致してます我々の見解は。いないんですミゲールが。[*58]

ハットン　窓から逃げやがった……。

チャック　え？

ハットンが不意に走り去るので、チャックもよくわからぬまま後について去る。
明かり変わり、窓から脱出したミゲールの逃走の一景が描かれる。
ミゲール、建物の壁面を伝い、道路に辿り着いて「マーガレット様！」と叫び、走り出すやいなや、車にはね飛ばされる。はね飛ばされた後、さらに別の車にはね飛ばされてもよい。[*59]
最上にある二つの窓からハットンとチャックが顔を出す。

二人　（倒れているミゲールを発見して）ああ！

チャック　死にましたよあれは間違いなく！（呼びかけて）ミゲール！

＊58　このあたりになると、放っておいてもチャックは私の頭の中で、のびのびと、ナンセンスなボケを連発してくれるようになっていた。デタラメになり過ぎて物語から逸脱せぬように気をつけていたくらいだ。演じた菅原永二が書かせてくれたと言っていいお気に入りの台詞のひとつ。

＊59　言うまでもなくこのシーンはアニメーションとステージングの併用を前提にして書いている。

ハットン　間違いなく死んでる奴に呼びかけてどうする！
チャック　一応確認です、弁護士なんで。
ハットン　……。
チャック　ほら返事しませんよ。なんでまた窓から逃げ出したりなんか……
ハットン　運が悪かったんだ。ロクでもない野郎だ……。

5－3　結託

そこはソニック社の社内になっている。
コブからの報告を受け終わったタチアナ。

タチアナ　第十地区……!?
コブ　はい、第十地区。
タチアナ　ベイジルタウンは第七地区から第九地区じゃなかったの？
コブ　それが、あったんです第十地区が。これまでわからなかっただけで。
タチアナ　どうしてわからなかったんです。あればわかるでしょう。
コブ　狭いのです非常に。大抵の人間が地区として見なすのを怠るぐらい。
タチアナ　どのくらい。
コブ　25平米？

タチアナ　25平米。5メートル5メートル!?　第十地区全体が!?
コブ　ええ。
タチアナ　地区なんですかそれは。
コブ　第十地区です。
タチアナ　で？　その第十地区の所有者は？　ロイド社？
コブ　いえロイド社ではありません。もちろんわが社でも。役所の人間に聞いてもわからないと。
タチアナ　だったらどうしようとかまわないでしょう。所有者もわからない25平米ぽっちの土地。今そこは？　空き地？
コブ　粗末なバラックが――マスト・キーロックという名の兄とメリィ・キーロックという名の妹が寝泊まりしております。
タチアナ　乞食でしょ？
コブ　乞食です。そこに……
タチアナ　そこに……？
コブ　マーガレット・ロイドが転がり込んで、ここ二週間ずっと一緒に暮らしております……。
タチアナ　……よく乞食なんかと一緒に……。
コブ　結構楽しそうだとの報告が、先日雇ったスパイから。
タチアナ　信頼できるのかしらねそのスパイは。何万だかの報酬支払ってるんでしょ？

＊60　当初、構想を練っている段階では、タチアナを無慈悲で酷薄な「悪役」と考えていた。演じてくれたのは高田聖子さん。私とは初手合わせである。よくハリウッド映画でも、悪役に一番ギャラの高い俳優を置くと聞く。いや、聖子ちゃんのギャラが高かったとか、そんなことが言いたいわけではなく、悪役が際立つドラマにしたいと思ったし、中途半端な善人よりも徹底的な悪人の方が演じるのも楽しいのではないかと考えたのだ。考えが一変したのは稽古の最初の数回を終えた頃である。もちろん彼女ならば「徹底的な悪人」を演じることはわけないだろうが、貴重な機会にわざわざそんな役を宛てるのはもったいないのではないか。高田聖子という人の柄を眺めるうち、そうした気持ちが強くなった。緒川

コブ　週に5チフリーです。

タチアナ　5、それっぽっち……⁉

コブ　乞食なので。

タチアナ　乞食⁉　スパイ乞食⁉

コブ　乞食です。本名はマルタという男ですが普段は皆にスパイと呼ばれております。

タチアナ　えあだ名⁉

コブ　愛称ですね。彼ら普段は大抵愛称で呼び合うようです。

タチアナ　他にいなかったのですか……⁉

コブ　乞食のフリをした者などより真の乞食の方がより乞食界の実態を摑めるものです。

タチアナ　別に乞食界の実態など摑みたくないのです。私はマーガレット様の（**言い直して**）マーガレットの動向さえ摑めればそれでいいんです。コブ、あなたどう思うの？

コブ　予想をはるかに超えて順応なさってますね……よほどのアクシデントがない限りわがソニック社に勝ち目はないでしょう。

タチアナ　よほどのアクシデントがあればいいのね……。*60

※　※　※　※　※

さんに意見を求めると強く同意してくれた。

こうしてタチアナの人物造形は大きく変わることになった。途中からそんな大きな変更を施したりして破綻しないのかとも思われようが、人間、常に内面を晒しているわけではない。物語が進むにつれて見えてくることがあってよいし、最後まで見えないものがあるくらいがちょうどいいと私は思うのだ。

私が30年以上続けてきた、稽古の進行に合わせて台本を書き進めるというやり方の、これは大きな長所である。5行前でタチアナにマーガレットを思わず「マーガレット様」と呼ばせているあたり、この時点でラストに向けての方向が定まっていたことが窺われる。遅筆の言い訳めいてしまうが、終盤、苺ジャムの思い出を語り合うタチアナ

早足でやって来るハットンと、後を追って来るチャック。

チャック どこ行かれるんです。いいんでしょうかミゲールあのままにしておいて。

ハットン （答えず歩く）

チャック 社長代理。

ハットン なんだ！　俺はもう別のことを考えてる……！

チャック あ、別のことを考えてるならミゲールのことを言っても仕方ありません！

ハットン チャック、君、大学時代演劇サークルにいたって言ってたな。

チャック ええ二ヶ月だけ。『飛ぶ鳥落ちる』という芝居で鳥にフンをかけられる墓掘り人夫のフンの役を。いかんせん稽古不足だったのと、その時後輩に好きな子がいまして——今考えるとただ太っているだけの子でしたね、見た目も性格も。

ハットン どうでもいい。（再び早足で歩き出し）いいか、一芝居打つぞ。

チャック （後を追って）今からですか。稽古は？

ハットン しない。設定だけ説明するからあとは俺に合わせろ。

チャック （釈然とせぬまま）はい。

二人、そのまま去って行く。

とマーガレットの夜の公園の会話は、稽古初日に台本を上げるようなやり方では存在し得なかった。タチアナは愛すべき人物にシフトされ、代わりに、小悪党の予定だったハットンに悪役を引き受けてもらったわけである。

※　　※　　※　　※　　※

再びソニック社。

コブ　（日記帳を出して）御所望されていたマーガレット・ロイドの少女時代の日記帳です。

タチアナ　（コブを奇異な目で見て）よくそんなもの見つけてくるわね……たまに気味が悪くなるわ、あなたのことが。

コブ　日記専門の古物商から20万チフリーで買い受けました。（日記帳を開いて指し示し）9月13日の日記を——

タチアナ　（読んで）「9月13日、今日タチアナという新しい小間使いが来た。（コブをチラと見る）やせっぽちでみすぼらしくってお父様は気に入らないみたい。物欲しそうな目で人をジロジロ見て、とっても気味悪い子だ。きっとすぐに追い出されるわ。[*61]」……

タチアナ、内心傷つくが、コブに対して虚勢を張って——

タチアナ　（鼻で笑い）フン！（次のページをめくる）これで終わり!?

コブ　はい9月13日までの日記ですから。

＊61　一連の「マーガレットの日記」は、緒川さんに書いてもらったものをアレンジしている。この作品に限らず（ノンクレジットの上演においても）緒川たまきの原稿やアイデアを基にして形になった台詞、展開、役名は数知れない。

タチアナ　なにもちょうどあたしが来たところで終わることないでしょう……。次の日記帳はないの？

コブ　9月14日からのマーガレット・ロイドの日記帳はなかなかに稀少だそうで。入荷次第連絡をもらうことになっております。9月14日からのジェームス・エリスの日記なら安価で現物があると言われたのですが。

タチアナ　誰ですかジェームス・エリスって。

コブ　さあ。

タチアナ　知らない人の日記を読むほど暇じゃありません……！

コブ　いずれにせよ、どうなのでしょう。

タチアナ　何がです。

コブ　マーガレット・ロイドは社長のことを憶えていらっしゃらないのですから

……

タチアナ　ですから何？

コブ　いえ……。

会社の女の声がする。

会社の女の声　失礼致します。

コブ　なんだ。

会社の女　（入室して）ロイド社の社長代理グリーンハム氏がいらっしゃってます。

コブ　……追い返せ。
タチアナ　お通ししなさい。
会社の女　……はい。

会社の女が戻ろうとした時、ハットンとチャックが勢いよく入室してくる。

会社の女　あ。
ハットン　（切羽詰まったかのような語気でタチアナに）すいませんお忙しいところ。
例の件、白紙に戻して頂けませんか……⁉
会社の女　⁉
タチアナ　（女に）下がりなさい。
会社の女　はい。
タチアナ　あ、コーヒーを二つ。
ハットン　結構ですいりません！
チャック　あじゃあ私だけ。
ハットン　（チャックを睨む）
チャック　（ので）いりません！
会社の女　はあ……。

会社の女、怯えるようにそそくさと引っ込む。

コブ　いきなり押し掛けてきて何事ですか。

ハットン　すみません。あれ、でも私もうさっきすいませんて謝りましたよね⁉

チャック　謝りましたよ！　私ちゃんと聞いてました！

タチアナ　落ち着きなさいあなたたち。例の件ていうのは――

ハットン　ですからベイジルタウンに関する賭けです。あの契約破棄してください。あなたと――ソニックさんとウチの社長とが交わした契約です。

コブ　そう簡単に破棄できたら契約とは言いません。

タチアナ　何があったのですか……？　落ち着いて話して。

ハットン　（落ち着けず）契約をですね、白紙に戻してほしいんです……！

タチアナ　ですからどうして。お宅マーガレットさんのフィアンセでしょ？

ハットン　婚約は先ほど破棄しました。

短い間。

タチアナ　どうしてまた……。

チャック　申し上げましたよね⁉　グリーンハム社長代理はずっと裏切られ続けてたんですよあのクソ女に！

ハットン　まだ申し上げてないよ！

チャック　失礼！

コブ　裏切られ続けてた……

ハットン　（タチアナに）今の今まであの女の本性を見破れなかった私にも責任はあるんです……つい二週間前お似合いだと言ってもらっておきながらお恥ずかしい話ですが……マーガレットは血も涙もない女です……。

タチアナ　随分とまたひどい言われようですね……。

ハットン　あの売女(ばいた)、私という者がありながら、十数名の男と密通していたんです……。

チャック　バカな女だとは思ってましたが、バカなだけじゃなく、酢豚だったんです。

タチアナ　酢豚。

チャック　酢豚。スベタか。スベタだったんです。

ハットン　ベイジルタウンに向かう彼女を止めなかったのは……来年の市長選に当選したかったからです。しかしもうそんなことはどうだっていい。どうだっていいんです……！

コブ　もう少し詳しく教えてもらえますか。

タチアナ　結構よもう。男女間のいざこざには興味ありません。それよりグリーンハムさん。

チャック　ハットンと呼んでください。

ハットン　……。*62

チャック　私のことはチャックと。ええ。

＊62　書くまでもなく、「おまえが言うか……!?」という「……」であります。

タチアナ　ハットン。賭けはやめません。

短い間。

タチアナ　その代わりあたしと手を組まない？　もちろん報酬ははずみます。いかが？

ハットン　（その言葉を待っていたかのように）条件があります。市長選への後押しもお願いできますか。

タチアナ　!?

ハットン　ベイジルタウンが手に入ると思えば安いもんでしょう。

タチアナ・コブ　……。

6

6－1　ステージング3

によって、そこは王様とハムの兄妹が暮らし、現在はマーガレットが居候しているバラックの内部となってゆく。

ステージング中、舞台上段に、拾い物をしているドクター、サーカス、ヤングが見える。一緒にではなく、各自がそれぞれのテリトリーで、という印象になりたい。サーカスはトランジスタ・ラジオを見つけて嬉しそうに去る。ドクターとヤングはとりたてて収穫がないまま、苦い表情で各々去って行く。

6－2　寝顔

舞台上のどこかに「到着、17日後」という字幕が投映される。
陽が暮れようとしている。
今、バラックの中にいるのはハムとマーガレット。ただしマーガレットはボロボロの手作りベッドの上で眠っている。

ハム、売るのだろうか、ひたすら何かのネジをドライバーか何かではずしてネジとその他の部分を分別する作業をしていたが、[*63] やがて手を止め、ランタンに火を灯そうとした時、マーガレットが寝言を言う。

マーガレット　ハットン……。

ハム　?　（ランタンに灯が灯る）

マーガレット　ハットン……うん、そっちでいいと思う……。

ハム　……。

王様が息せき切って帰宅してくる。

王様　あれ、奴らまだ来てない?

ハム　来てない。

王様　なんだよあいつら、走っちゃったよ!

ハム　ちょっと、大声出さないであげて。

王様　なんで。

ハム　寝てるの。

王様　（マーガレットに視線を転じて）……居候に気を使う必要ねえよ。（と言う声は小声になっている）[*64]

＊63　この芝居が上演された世田谷パブリックシアターぐらいの広さになると、小さな部品での細かな作業だと何をしているのか判別できぬため、演出部と共に試行錯誤の末、電話の受話器を大量に集めてきてもらった。ハムは受話器下部のカバーをはずし、そこからマイク機能を果たす部品だけ取り出して、あとはそこらに放り投げるのである。

＊64　＊35に記した通り、ここでも俳優に装着されたピン・マイクが大いに活躍してくれた。しばらくの間、ハムと王様は小声で会話する。舞台上の二人は本当に小さな小さな声で発声しているのだ。

ハム　（そのことを含み笑いながら）そうだけど――

王様　そうだよ。なにやってんだあいつら。もう8時とっくに過ぎてるだろ。（と懐中時計を出し、ギョッとして）あれ……。

ハム　なに。

王様　なんだこの時計……逆に進んでるよ……。

ハム　なに逆って。

王様　さっき見た時止まってるなぁと思ったら、今度は逆に進んでる。

ハム　へえ……。

王様　ほら、秒針が――

ハム　うん、いいよ。興味ない。どっちみち壊れてるってことでしょ。

王様　うん。（時計に向かって）何やってるんだキミは。

ハム　（ハタと）え？

王様　ん？

ハム　さっき見た時「止まってるなぁ」と思ったのよね。

王様　うん。壊れたから捨てたんだな持ち主も。

ハム　さっき見た時「止まってるなぁ」と思ったのにどうして今見たのよ。

王様　え？

ハム　兄ちゃん。見たでしょ今、「とっくに8時過ぎてるだろ」って言って。

王様　見たかな？

ハム　見たじゃない。

王様　ああ。見たよじゃあ。

ハム　止まってるのになぜ見たのさ。

王様　ああ……（と納得したかと思いきや、挑みかかるように）駄目見ちゃ。

ハム　（少し笑いながら）駄目じゃないけどさ。見たってしょうがないよね、止まってるんだから。

王様　バカ、だって、見たから逆に進んでることがわかったんだよ？

ハム　知ってるよそれは、見てたから。

王様　うん。え何が問題？　おまえ興味無いんだろ。興味無いのになんでつべこべ（文句言うの）

ハム　（遮って）興味無いのは逆に進んでる時計！　止まってる時計をなんで見たのかにはちょっと興味があったの！

王様　え止まってる時計にはちょっと興味があんの⁉

ハム　（つい声が大きくなって）止まってる時計にも全然無いのよ興味！

王様　（小声で）でかいよ声が！　いいよもう時計の話は。

ハム　（苦笑して）なによ……。

マーガレット　（寝苦しそうに呻く）

王様　（ハムに、まるで「見ろ、おまえのせいで」と言わんばかりに）ほらぁ。

ハム　ええ……⁉

王様、マーガレットの近くに行って、腰をおろし、仄暗い部屋の中ランタンに照らされた彼女の寝顔を眺める。

王様　……。
ハム　（その兄を感じて）……。

ややあって――

王様　（寝顔を見つめたまま）遅えなあいつら……。
ハム　まだ8時になってないんじゃないの？
王様　うん……。
ハム　……。
王様　……。
ハム　いつまで見てるのよ寝顔。
王様　何か言わねえかなと思ってさ……時々寝言言うだろこいつ。
ハム　言うね。
王様　なんか言ったら返してやろうかと思って。面白えから。
ハム　……。
王様　（ここで初めてハムを見て）面白えからだよ？
ハム　うん……。
王様　（再びマーガレットの寝顔に視線を戻して）なんか夢みてやがんのかな……。

ハム　……。
王様　どんな夢みてんだろうな……俺出てきたりしてねえかな……。（つけ加えるように）おまえもな。俺やおまえがさ。
ハム　出てきてほしいんだ。
王様　こんだけ世話してやってんだから出てきたっておかしくねえだろう……。（眠っているマーガレットに）おまえは出てくるぞ、俺の夢に。
ハム　……。[*65]
王様　（しみじみと）……しっかしこんなんでこいつ、今までどうやって生きてきたんだろうな……
ハム　どうやってもなにも、婚約者を待たせてる大会社の社長さんなんだから……頭の中では。
王様　うん……なんだかちょっと可哀想になってくるな……。
ハム　そうね……。

6-3　交換会

ガヤガヤと、ドクター、サーカス、ヤングがやって来る。

ドクター　王様いるかい⁉

＊65　こうしたシーンはどこか映画『男はつらいよ』を想起させる。私はこのシリーズの大ファンとは言えぬが、昔から何かと男優へは「ここは寅さんみたいに」と注文してきた。赤堀雅秋に「デイヴィッド・リンチの映画に出ている寅さんのように」と言い放ったこともあるらしい（私は失念していたが本人から聞いた）。寅さんはリンチの映画には決して出ないから、赤堀もさぞかし困惑したことだろう。ともあれ、「寅さん的人物」の魅力の多様性を感じている私なのである。兄と妹のシーンともなると、いっそうその感が際立とうというものだ。

王様　遅えよ！
ドクター　え、だって8時の約束だろ。まだ7時半だぜ。
王様　（語気は強いまま）だったらいいよ！
ドクター　なんだよ。おうハム。（ハム、手を振る）
サーカス　お邪魔するよ。いいねぇ半分でも屋根があって。
ハム　（王様に、小声で）ねえ、今日は外でやれば？
サーカス　どうして。暗いよ外は。
ハム　チキンが寝てるから。

今来た三人、一勢にマーガレットを見る。

ドクター　（心配そうに）なんだい病気かい……？
ハム　んん寝てるだけ。
ドクター　（とたんに嬉しそうに）なんだじゃあ起こせよ！　チキン！（とベッドに近づく）
サーカス　起こさなくたっていいじゃないか。
ドクター　なんでだよ。喜ぶだろみんなに会えりゃ。
王様　喜ばねえよ今さら。（ハムに）いいよ起きたら起きたで。座れよホラ、ヤングも。
ヤング　女の人？

ドクター　女の人だよバカ！　色気づきやがって！
ヤング　うるせえなギャーギャーギャーギャー！
サーカス　ヤングまだチキンに会ってないのかい。
ヤング　チキン……。（とチキンを見るが、彼から顔は見えない）
ドクター　チキンちゃんだよ！　なんだよおまえ元気なんじゃねえかよ、スージーちゃんに失恋したクセに！
ヤング　（ムキになって）失恋じゃねえって何度言ったらわかるんだよハゲ中！
サーカス　なんだよハゲ中って。
ヤング　ハゲのアル中だろ！
ドクター　（嬉しそうに）ハゲ中だぁ！
サーカス　喜んじゃったよ。あんた酔っ払ってるんじゃないの⁉
ドクター　（とたんに真顔になって）酔っ払ってねえよぉ！
王様　（ものすごい剣幕で）うるさい！　寝てる人がいるんだよバカヤロー！
ハム　兄ちゃんが一番うるさい。
王様　……。サッサと始めよう。では只今より今週の交換会を開催致します。はい各自一品目を出して。

皆、拾ってきた物のひとつを出す。

ドクター　（サーカスの出したトランジスタ・ラジオに）なんだいそれ、ラジオかい？

サーカス　ラジオだよ。
ハム　ちゃんと聞こえるの？
サーカス　聞こえるよ。

サーカス、ラジオのスイッチを入れる。ノイズまじりに音楽（古めかしいジャズ[*66]）が流れる。
皆、少し聴き惚れるように耳を傾ける。

王様　ラジオもいいけど俺のはもっといいよ。懐中時計。いいだろほら、高級感があって。
ドクター　（それはいらないとばかりに）時計か。
サーカス　動くのかい？
王様　動くよ当然。しかも逆に動く。
サーカス　なに逆って。
王様　逆は逆だろ。ほら。
サーカス　ほんとだ。どうすりゃいいんだよこんなもん。
ドクター　いいね……。
サーカス　いいかい……!?
ドクター　いいよ。夢があるよ。
王様　あるか夢。

＊66　上演で流した曲はリトル・ジャック・リトルによる『You Oughta Be In Pictures』。1940年に製作された同名の短編映画の主題歌である。このショート・ムービーはアニメ映画製作のバックステージものので、アニメーションのキャラクターと実写を組み合わせた作りになっている。この芝居に打ってつけではありませんか。
　ただし、DVDでは権利上の問題で、鈴木光介くん主導でコピーされた演奏が使われているためにヴォーカル・パートは省かれている。

ドクター　あるよ。（時計を見つめて）なんだかタイムマシンに乗ったような気分になるじゃないか。
サーカス　ならないよ。（ハムとヤングに）なるかい？
ハム・ヤング　ならない。
ドクター　（時計を見つめたまま）なるよ。わぁ……すげえよ、グングン時間が戻ってく……ほら、ヤング！　俺ぁもうおまえより若いぞぉ……ヤング・モア・ザン・ヤングだよ……！
ヤング　何言ってんだこのじいさん。
ドクター　こりゃあいいや！　現在のところ王様の時計が一番、サーカスのラジオが二番だな……！
王様　そこまで喜んでもらえるとは思わなかったよ。
ドクター　これ交換希望！
王様　ドクターは何拾ってきたの？
ドクター　ん、俺は、消しゴム。（と提示する）

シラけたような短い間。

ドクター　……プラス、じゃあ、なんと、５チフリー、３チフリー。（と札を出す）
サーカス　こども銀行の金だろ。
ドクター　そうだよ。

サーカス　こども銀行の金ケチってどうすんのよ。
ドクター　そうだけどね。なんだよサーカス負けたからって。
サーカス　別に負けてないよ……！
王様　消しゴムとは交換できねえな……。
ドクター　うーん……。
ヤング　俺は……鞄。

ヤング、木賃宿（3－2）で男から盗んだ鞄を出す。

ドクター　鞄かぁ……やっぱり時計だな。
サーカス　なんで。ラジオの方がよっぽどいいじゃないの。あたしラジオはもう持ってるからいらないのよ。
ドクター　ラジオも悪かないけどねぇ……この時計がありゃいつだって若返って昔に戻れるんだぜ⁉
ハム　そんなに戻りたいの昔に。
ドクター　戻りたいよそりゃあ！
サーカス　あたしゃ御免だね。
ドクター　え……。
サーカス　いくら積まれようが若い時分になんか戻りたくないよ。

ハム　あたしも絶対に嫌。
ドクター　……（とほんの少し考えて）俺も戻りたくねえな……。
王様　（すごく驚いて）ええっ!?
ヤング　たった今あんなに喜んでたじゃないかよ……！
ドクター　よく考えたら戻りたくなかったんだよ。いらねえやこんなもん！（と乱暴に時計を放る）
王様　何すんだよ！
ドクター　冗談じゃねえや。（ひどくホッとして）ああ危うく騙されるところだった……！
ヤング　何に。
ドクター　時計にだよバカ、見てたろおまえ！
王様　そりゃねえんじゃねえかドクター！
ドクター　交換しようとしなかったクセに何言ってんだよ！
王様　それはそれこれはこれだろう！
ハム　兄ちゃんうるさい。
サーカス　（いたって冷静に）落ち着きなよ。王様は戻りたいのかい昔に。
王様　戻りたいわけねえだろう。
ドクター　（目を丸くして怒り）[*67]戻りたくないいんじゃないか！
サーカス　なんだい、どうしたのさ。
ドクター　だってこいつ、ひどいもん掴ませようとしやがって！　自分は戻りたく

＊67　五行前の「交換しようとしなかったクセに〜」で輪からはずれ、「やってられない」とばかりに舞台奥の方へ向かっていたドクターが、この台詞でギョッとしながら振り向くという演出。そして猛然と王様に食ってかかる。大勢のやりとりはメリハリが肝腎。

ないクセに！

ハム　え、え、何が問題なの⁉

サーカス　あんただって戻りたくないんだろ。誰も戻りたくないんだよ昔になんか……

マーガレット　（起きていて）戻りたくないんですか？

全員がマーガレットの方を見る。

ハム　起きてたの……⁉

マーガレット　ええさっきから。

王様　（動揺して）さっきっていつ⁉

マーガレット　皆さん今こんな有様なのにどうして昔に戻りたくないんですか？

王様　さっきっていつだよ⁉[*68]

マーガレット　さっきはさっきよ。あ。（とヤングに気づく）

ヤング　（顔をそむけ）なんだよ……

マーガレット　泥棒さんね？

サーカス　泥棒さん？

マーガレット　宿屋でお会いしたんです。鞄を盗んで逃げる時、ね。

ヤング　人違いだよ……！

マーガレット　人違いじゃないわ、その鞄だもの。

＊68　これも書くまでもないが、王様は、一同が来訪してくる前、眠っているマーガレットに話しかけた一連の言葉を聞かれていたのではないかと焦っているのだ。ほとんどラブコメの様相である。

マーガレット、ヤングが持って来た鞄を指さす。

ヤング　……。
マーガレット　（皆に）なんだお友達だったの。
ドクター　ヤングだよ。ヤング、チキン。
マーガレット　マーガレットよ。
ヤング　（その名でスージーの言葉を思い出し）マーガレット……⁉

王様、ヤングをいきなり殴る。

王様　（倒れ、うずくまったヤングに）盗みは二度とやらないと約束しただろう！
ヤング　だから人違いだって言ってるだろ……⁉
王様　人違いじゃない！　そんなだからスージーの母ちゃんにフラれるんだ。
ドクター　（ギョッとしてサーカスに）あいつ母ちゃんにもフラれたのかい？
サーカス　知らないよ。
ヤング　（むしろドクターに）フラれてねえよ……！
王様　立てほら。正直に言え。言わないとペシャンコにするぞ！
ハム　兄ちゃんペシャンコにするなら外でやって。
ヤング　中には一銭も入ってなかったんだよ……！

王様　んなこと関係ない！　立てほら！

ヤング　(マーガレットを指して) こいつ、街をメチャメチャに壊すぞ……

マーガレット　え……。

ヤング　スージーが夢にみたんだ。マーガレットっていう女がベイジルタウンにやって来て街中を壊すって。

間。

サーカス　スージーがみたのかい夢に。

ヤング　ああ、そう言ってた。(と王様を見て、うなずく)

マーガレット　あたしが街を……？

ヤング　スージーは壊せなさそうだって言ってたけど、俺には壊せそうに見えるよ……！(強く) 今すぐ街から出てけ！

マーガレット　(絶句して) ……。

王様　(ヤングに向かって何か言うのかと思いきや、もう一発殴る)

ハム　(強く) 外でやれってば！

ヤング　畜生！

ヤング、そう叫ぶと外へ逃げて行く。

王様　待て！（と追うのかと思いきや、マーガレットに）さっきって、いつから起きてたんだよ！

マーガレット　なんでよ……！　ラジオがどうとかって騒いでた時よ。

王様　本当だな⁉

ハム　（王様に）聞かれてないわよ。

マーガレット　（王様に）聞かれてないわ。

王様　何を！

マーガレット　知らないわよ！

王様　（サーカスとドクターに早口で）交換会はしあさってのキャンプファイヤーの時にでも改めて。（と言って外に飛び出し）ヤング！　待てヤング！

王様、ヤングを追って去った。

間。

ドクター　（マーガレットに）おまえさん、壊すのかいこの街を。

ハム　壊さないよ。壊せるわけないでしょこの人に。

ドクター　そうは思うけどね。スージーが夢にみたんなら……[*69]猿の大群が街を襲った時だってスージーは夢にみたって言ってたし、びっこのトーマスが釣った魚に食われちまった時だって――

ハム　はずれたこともあるよ。

＊69　猿の大群が街を襲うのはともかく、釣った魚に食われてしまうというのは行き過ぎかもしれないと、書く時にやや躊躇した。にも拘わらず結局書いてしまったということは、ナンセンスな可笑しさを出したかったというよりは、寓話性を漂わせることを良しとしたのだと思う。「どうせ二幕では羽根を生やしたミゲールが天から戻ってくるんだし」との判断だろう。どうせってこたぁないけど。

ドクター　いつ。
ハム　（答えに窮して）……。（マーガレットに）気にしない方がいいよ。
マーガレット　（と言われても）……。
ハム　チキン。
マーガレット　うん……。
ドクター　（空気を変えようと、つとめて明るく）しかしチキンはぐっすり眠れて羨ましいや。
マーガレット　まだ眠れないいんですか？
ドクター　眠れねえ。
サーカス　（低く）ドクター。
ドクター　なんだい。
サーカス　……。
ドクター　なんだよサーカス。
サーカス　あんた飲んでるね酒。
ドクター　飲んでねえよ……。
サーカス　飲んでるよ。飲んでる時のあんたはすぐわかる。
ドクター　飲んでねえって。
サーカス　（近づいて）ハーってやってごらん。
ドクター　……（息を吸う）
サーカス　スーじゃなくてハー。

ドクター　（観念して）ちょっとだよ。酒屋の裏の空き瓶に残ってたウイスキーを
　ほんのちょっとだけ。
サーカス　このラジオあげるよ。
ドクター　え……。
サーカス　持ってないだろラジオ。あげるよ。
ドクター　（面喰らうが、嬉しく）そうかい？　じゃあ、消しゴム――
サーカス　いらないよ。
ドクター　ありがとう。（満面の笑顔で、マーガレットに、サーカスのことを）いい奴
　だろ……おまえもいい奴だけどサーカスはもっといい奴なんだよ。（サーカス
　が歩き出すので）帰るのかサーカス。
サーカス　あんたとはもう二度とつるまないから。
ドクター　え……。（とたんに表情曇る）
サーカス　あんたの縄張りには近づかないからあんたも来ないでおくれ。ハムお邪
　魔様。
ハム　またね。
ドクター　待てよサーカス……！（と近づこうと）
サーカス　（ドクターを見ずに一喝して）近づくんじゃないよ！
ドクター　（思わず止まって）飲まねえよ！　もう絶対飲まねえ！
サーカス　（見ぬまま）聞き飽きたよその言葉は。
ドクター　本当だよ！　今までは言ってるだけだったけどこれは本当だよ！　なん

だよこのラジオ。「もうこれからはあたしと話す代わりにこのラジオを聴いてね」って、そういうこと!?　やだよ俺！　ラジオは眠り方の相談にのってくれねえもん！　自転車の後ろに乗っけてくれねえもん！（泣きそう）

サーカス　（やはり見ずに）あんたその甘えた口調もやめた方がいいよ。もうおじいさんなんだから。

ドクター　（泣いていて）サーカスゥ！　頼むよ行かねえでくれよぉ！　サーカスゥ！

しばし、ドクター、子供のように泣きじゃくるだけの時間、あって――

サーカス　（ようやく振り返って）……本当に飲まないかい。

ドクター　（「!?」となって）飲まねえ！　いくら積まれようが二度と飲まねえよ！

サーカス　絶対だね。

ドクター　絶対だよ。いつだってハーってやるよ。今やるかい？

サーカス　いいよやらなくて。今やったってあんた飲んでるんだから。

ドクター　（笑顔で）そりゃそうだ。……許してくれる？

サーカス　今度だけだよ。

ドクター　うん![*70]　よし、俺も帰ろう。じゃあなハム、チキン。

ハム・マーガレット　（それぞれ挨拶）

---

*70　サーカスの許しの言葉を聞いたドクターは、これも子供のように本当に嬉しそうに「うん！」と言ってほしい。DVDで残っている映像は残念ながらこの点が今ひとつで、悔しいのだけれど仕方ない。演劇は生物（ナマモノ）なのだから。

サーカスとドクター、バラックを出て行く。
以下、サーカスが先行して行きながら

ドクター　空き瓶拾ってくかい？
サーカス　今日はいいよ。
ドクター　そう。（少し言いにくそうに）サーカス。
サーカス　なんだよ。
ドクター　おまえさんが許してくれたってことは、このラジオは返さなきゃ駄目だよな……？
サーカス　いいよ返さなくて。
ドクター　（満面の笑顔になって）そうかい⁉　こりゃいいや。ラジオもあればサーカスもいる。一石二鳥だ！
サーカス　一緒にするんじゃないよ。
ドクター　（嬉しそうに笑う）

二人、去った。

6－4　バラック消滅

バラックに残されたマーガレットとハム。[*71]

ハム　(苦笑して) いつもああなのよ……もう見飽きたわあのやりとり。
マーガレット　恋人同士なの？　あの二人。
ハム　さあ。仲がいいのは間違いないけどね。
マーガレット　ドクターはどうしてドクターなの？　昔お医者様だったとか？
ハム　「俺は医者に見離された」って自慢気にしょっちゅう言ってたから。
マーガレット　(肩すかしをくらって) だからドクター!?　サーカスは？
ハム　ドクターが言うにはね、ある日彼女、自転車に乗ってたら車輪がひとつはずれて一輪車になっちゃったんだけど、気づかずに平気で乗ってたんだって。それを見てみんなが――
マーガレット　それでサーカス!?　あなたは？　どうしてハム？
ハム　拾ったハム食べて一週間お腹壊して寝込んだから。
マーガレット　(もはや期待せずに) 王様は？
ハム　兄ちゃん夏になるといつもパンツ一枚で街をうろついてたのよ。で、誰からともなく裸の王様だって――
マーガレット　どれもこれもロクな理由じゃないのね……。

＊71　ここからの、マーガレットとハムのシーンは、終盤のマーガレット&タチアナ（ニンジン）のシーンに負けず劣らずの出来だと自負している。女性二人の場面を書くのは昔から得意なのだ。なぜかはわからない。わからないけど、楽しくてついつい長くなってしまう。緒川たまき&水野美紀も、緒川&高田聖子も、とても良かった。

ハム　あんただって捨ててあったチキン食べたそうにしてたからチキンなんでしょ？

マーガレット　みんなが勝手に呼んでるだけよ。

ハム　そうよ。この街ではみんなそう。

マーガレット　（一人言のように）……まあいいわ。あとちょっとの辛抱だもの。（ハムが木箱の中をガサゴソやっているので）何探してるの？

ハム　（木箱からラジオを出して）あった。（スイッチをつける）

ラジオからノイズまじりに音楽（ノスタルジックで美しい弦楽曲）が流れる。*72

マーガレット　ラジオ……。

ハム　よかった、なんとか聴ける。なんかあの二人見てたら聴きたくなっちゃって……。

マーガレット　ああ……

ハム　（音楽に聴き入り）……。

マーガレット　（も聴き入っていたが、やがて）このお部屋、よく見るといいお部屋よね。

ハム　散々寝泊まりしといて何さ今さら。

マーガレット　いいお部屋よ。暗いからっていうのもあるけど。

ハム　はいありがとう。こんなバラックでも5年も住んでりゃいろんな事があるわ

＊72　上演では『On A SlowBoat To China（中国行きのスローボート）』のオーケストラ・アレンジを流した。大好きな曲。20代の頃に書いた『カラフルメリィでオハヨ』という芝居の幕開きでも（この時はカルテットでの演奏を）使用した。

……。あんたが最初に座った書斎の椅子、そこで兄ちゃん、拾ってきた絵本を読んでオイオイ泣いたのよ。あたしそれを見て「いい書斎だな」って思ったの……。

マーガレット （微笑んで）……。

ハム （マットに寝転んで）ここで寝転んで見る星はどこで見るよりキレイなのよ……。

マーガレット いいわね[*73]……。

再び沈黙。音楽のみが流れている。

マーガレット ねえ……。

ハム なによ？

マーガレット 王様あたしが寝てる間に何を言ってたの？　悪口でしょどうせ。

ハム え……。

マーガレット ほら悪口よ。（むくれるような）

ハム 違うわよ。悪口だったらあの人あんなに動揺しないでしょう。

マーガレット え？

ハム 寝言言ってたわよ。

マーガレット あたし……!?　なんて言ってたあたし!?

ハム （笑って）今度はあんたが動揺してる。兄ちゃんのことじゃないわよ。

＊73　と言ってマーガレットもベットに寝転ぶ。ランタンの炎（実際は照明ですが）に照らされて天を仰ぐ二人はとても美しく、絵になった。

マーガレット　あたりまえじゃないの……。
ハム　ハットンて言ってた。
マーガレット　（思い出したのか）ああ……。
ハム　「ハットンそっちでいいと思う」とかなんとか。
マーガレット　ああ、ソファー選んでたのよ……フフフ。
ハム　……どこで会ったのハットンと。
マーガレット　ん？　なれそめってこと？
ハム　なれそめ？　いや、知ってるから夢に出てきたんだなぁと思ったから。水道のハットン。
マーガレット　水道のハットン？
ハム　あまり会話にならないけどいいコよ。いいコってもう40過ぎだけど。先週ゴミ捨て場で会った時も水道の話しかしないの。
マーガレット　（「？」となり、ハムの言葉を制して）ちょっと待って。それ別のハットンよ。
ハム　別のハットン？
マーガレット　別のハットン。
ハム　じゃそっちはどのハットン？
マーガレット　婚約者のハットン。あたしの婚約者。こっちのハットンはもっと素敵なハットンよ。水道の話以外もするわ。
ハム　なんだそうか……

マーガレット　（不思議そうに）この街にもいるのねハットン。
ハム　そのうち会えるわよこの街のハットンとも。
マーガレット　そう……？
ハム　水道のハットンには双児の弟がいてね、二人は赤ん坊の頃からこの街で育ったの……だけど、弟はハットンを置いてどっか行っちゃった……今はひとりぼっちの可哀想な子よ……。
マーガレット　ひどい弟さんね……。
ハム　モイ。ネズミ殺しのモイ。あたしの恋人だった男よ。
マーガレット　!?

ラジオのノイズが、音楽をかき消すように少しずつ大きくなってきている。

マーガレット　やだ、そんな人と……!?　え、今も恋人なの!?
ハム　「恋人だった」って言ったでしょ。「だった」っていうのは過去形。
マーガレット　駄目よ過去形でもそんな人と！
ハム　誰よりも器用に騙したり盗んだりする人だったわ……（苦笑して）こんな暮らしをしてるとそういう人が頼もしく見えちゃったりするのよ。
マーガレット　駄目駄目、見る目をもたなくちゃ！
ハム　何度も何度も騙されたけどそのたんびに許して……結局逃げられた。
マーガレット　ほらぁ！　何やってるのバカ！[*74]

＊74　あたかも、たった今忠告したことを、言ったそばから守れなかった相手に言うかのようなニュアンスを求めた。

ハム 駄目よね……本当に駄目よあたしは……

マーガレット ……駄目じゃないわよ。

ハム 駄目だって言ったじゃないの！

マーガレット 駄目だけど、本人がそんな風に言っちゃうのは駄目！　昔のことでしょ？

ハム 昔のことよ！　5年も前！

マーガレット じゃあもういいじゃないのそんなことどうでも。

ハム あんたが駄目駄目言うから――

マーガレット ごめんなさい！　傷つけるつもりはなかったの。ごめんなさい[*75]！

ハム いいわよ……

マーガレット ……。

ハム どうしてあんたにこんなこと喋っちゃったんだろう……。

マーガレット （まったくだとばかりに）どうしてかしらねえ[*76]……。

ハム （その言い分に）……。

マーガレット 今でも好きなのその人のこと？

ハム 好きなわけないでしょ。とっくのとうに目が覚めたわよ……。

マーガレット よかった……。

ハム だけどあの男、今でもどこかでのうのうと生きてると思うと腹が立ってくるわ……あたしみたいに騙されている人が今もいるのかと思うと……

マーガレット （強く同意して）ほんとね……ほんとに気の毒[*77]……！

＊75　ヤケに積極的に、キッパリと謝るのが肝腎。

＊76　矛先は自分に向いているのに、あたかも第三者が悩みに同調するかのようなニュアンスで。

＊77　ここで笑いが起きた回は「うん、今日のお客さんはわかってくれている」と安心したのを思い出す。なにを「わかってくれてるか」って、それはもちろん、気の毒がっているマーガレットこそが「騙されている人」だということをである。

ハム　（不意に）なんか臭くない……？
マーガレット　あたし？　あなたでしょ。
ハム　違う、焦げ臭い。

マーガレット、部屋の一画からモウモウと立ち込める煙に気づく。

マーガレット　煙！　火事よ！
ハム　！
マーガレット　逃げないと！

炎と煙、そして燃える音。
ハム、マーガレットを振り払うようにして、毛布で炎を消そうとする。

マーガレット　（なおも摑んで）ハム！　駄目よ早く逃げないと！
ハム　離してよ！（毛布に火が燃えうつる）熱っ！（と放り投げる）
マーガレット　ハム！　逃げないと死んじゃうわよハム！
ハム　大丈夫これぐらい消せるわよ！　あんた先に逃げなさい！
マーガレット　無理無理無理絶対間に合わない！（外に向かって大声で叫んで）王様ぁ！
火事よぉ！（返事無く）役立たず！　ハム、本当に逃げないと！

マーガレット、もはや煙でよく見えなくなったハムを説得すべく、語り始める。

マーガレット　小さい頃ママに聞いた話なんだけどね、あたしのおじさまが――ママのお兄ちゃんよ、んん弟か、弟がバンガローのハンモックで葉巻を吸っててね、その葉巻が絨毯に転がって――

ハム　（消すのをあきらめていて、すでに出入口の辺りから）逃げるわよ早く！　どうでもいいわよそんな話！　死んじゃうわよ！

マーガレット　なによ勝手な人ね！

ハム、マーガレット、バラックを飛び出して行く。

最上部の窓に、火事を眺めるタチアナ、ハットン、チャック、コブの姿が見える。

タチアナ　今飛び出して行ったのマーガレットさんじゃないの!?（蒼冷めながらハットンに）今なら誰もいないってそう言ったじゃないですかあなた！

ハットン　（表情ひとつ変えずに）私じゃありません。チャックが言ったんです。

チャック　私ですか!?　私が言いましたか!?

ハットン　言ったよ。

タチアナ　危うく殺してしまうところでしたよ……!?

コブ　思惑というのは、しばしばはずれるものですよ……。

4人の明かり、消える。
別のエリアにマーガレットとハムが現れ、燃えさかるバラックを茫然と見下ろす。

ハム （茫然自失で）あたしたちの家が……
マーガレット ……。
近所の住人（女） （誰にともなく叫んで）消防車呼ぶかい⁉
通行人 いや、必要ないだろう。ゴミ屑が燃えてるだけだよ。

燃えさかる兄妹の住居。
ただただ茫然と炎を見つめるしかないハム。[*78]
やはり茫然としながらも、そのハムの肩を優しく抱くマーガレット。
溶暗。

＊78 幕終わりのシーン故、炎は音とプロジェクション・マッピングであえてデフォルメして表現した。そこに幕終わりのドラマチックな音楽がかぶる。まるで映画『風と共に去りぬ』のアトランタ炎上シーンのようだった。昔テレビ放映されたのを観た時、この場面で前篇が終わったので、余計にイメージがダブった。

第二幕

7

7-1　誕生日の再会

キャンプファイヤーの夜である。
舞台上のどこかに「到着、20日後」という字幕が投映される。
広場に焚かれたいくつもの焚き火。
四、五十名の乞食が三ヶ月に一度集う日である。
乞食たちが思い思いに楽しむ中、ひとつの火を囲んでいるのは、ギターを手にしたヤング[*79]、マーガレット、サーカス。少し離れた場所から、軽快な楽団の演奏と乞食たちの歓声が聞こえている。

サーカス　……まあ、だからさ、生きてるってことだよ。生きてりゃどうにでもな

＊79　むろんアコースティック・ギターである。ヤングを演じた松下洸平には、まずここで数小節、アルペジオを弾いてもらった。

るんだから、とくに乞食は。

マーガレット　そうですね……

サーカス　そうだよ。あんたら二人で焼きハムとローストチキンになるとこだったんだから。

マーガレット　おいしそうですけどね……。

サーカス　おいしそうだけどね……。

ハムが乞食A[*80]**（女）と共に楽しそうに笑いながらやって来る。**

ハム　きっとね、その時兄ちゃん「人間は顔じゃないぞ」って言おうとしたんだと思うのよ。それを「人間の顔じゃないぞ」って――

乞食A　言われた方はたまんないね、泣いてるところに人間の顔じゃないぞなんて。

ハム　そうなのよ。**（ヤングに）**ヤング、やっぱり来てないねスージー。

ヤング　**（ぶっきらぼうに）**来てないよ。

ハム　元気出しな。

ヤング　元気だよ。

ハム　ならいいわよ。**（行きながら乞食Aに）**あとなんだ、「駄目で元々なんだから頑張れ！」って言おうとして兄ちゃん「元々駄目なんだから頑張れ！」って。

乞食A　たまんないねぇ。

＊80　乞食Aを演じたのは、このシーンの後半でスージーの母親役でも出てくる高田聖子。本人の提案で、乞食Aは古い人形を抱いてやって来る。子供を亡くした母親なのかもしれない。

二人、大笑いしながら去った。

ヤング　（去って行くハムのことを）ちぇっ。二日間狂ったみたいに泣き叫んでたクセにケロッとしてやがる。これだから女は……。

サーカス　あんたも見習いなよ、んな、三週間ぽっち会えないぐらいで。

ヤング　（強がりで）だから別に平気だって……。

マーガレット　寂しいわよねぇ。わかるわよ。[*81]

ヤング　平気だよ……。

マーガレット　強がってるだけでしょ。素直になりなさいよ。

ヤング　（強く）寂しいよ！

マーガレット　ほら寂しいんじゃないの。寂しいわよ……。

サーカス　あたしなんか若い時分、惚れ合った同士の人ととうとう会えないままだったよ……。

マーガレット　会えないままって一度も？

サーカス　一度も。お互い話したこともなければ写真を見たこともないまま「はい、サヨウナラ」よ。名前すら知らなかった……どんな人だったんだろうねぇ……。

マーガレット　（考えていたが）惚れ合った同士なんですよね？

サーカス　惚れ合った同士よ。

＊81　20日間もハットンに会えていないマーガレットも、寂しいのである。

ヤング　（考えていたが）それって知らない人なんじゃねえの？
サーカス　え？
ヤング　え？

王様が紙袋に入ったゴマのようなものを食べながら来る。

王様　（ヤングに）駄目だな。いねえよ。来てねえ。
ヤング　（イラつきながら）だから来ないことはわかってるんだよ……！
王様　好きなら来るだろう。
ヤング　来ないんだって。来たくても来られねえんだよ！　この前説明したでしよ!?
王様　聞いてなかったよよく。
ヤング　ええ!?
サーカス　何食べてんの王様。
王様　ん、炒めたすんげえ小さい虫。食うかい？
サーカス　いらない。
マーガレット　（表情を歪めて）虫……!?
王様　食う？
マーガレット　おいしいの？（と紙袋に手をのばす）
王様　味なんかねえよ。

マーガレット　（結構食べて）ほんとだ……。
サーカス　すんごい小さいからあれよ。味が入るところが無いのよ虫に。
王様　（少し感心して）なるほどね……。（ヤングに）おまえ、ちゃんと謝った？
ヤング　謝ったよ。
王様　なんて言って。
ヤング　え。
マーガレット　謝ってくれたわよねちゃんと。
王様　なんて言って謝ったんだよ。
ヤング　いいだろ。
王様　よかねえよ。おまえよく「わりぃわりぃ」とか言って済ますじゃねえかよ。
ヤング　歳下にだろ。
サーカス　あんまりいじめないであげなよ、今あれなんだから。
マーガレット　そうよ。一生懸命小銭拾い集めてスージーに電話しても、お母さんが出て切られちゃうんですって。
サーカス　伝道所にもここんとこ来てないって言うしね。
王様　そんなに好きなのおまえ。
ヤング　え……。
王様　えじゃねえよ。好きな相手にはちゃんと好きって言わなきゃ伝わらねえよ⁉
マーガレット　わかってるわよねぇそんなこと。

ドクターが来る。

ドクター　（ヤングに）いねえなスージー。やっぱり来てねえよ。
ヤング　（いきり立って怒鳴り）だから来ないって言ってんだろ！
ドクター　（面喰らって）なんだよ……。せっかく捜してやったのに。
サーカス　ドクター間が悪いんだよ。
ドクター　間？
サーカス　ヤングも——気持ちはわからないじゃないけど——、ヤングも精霊様の記念日にそうピリピリするもんじゃないよ。
王様　違うよ。三日後ろにずらしたんだから。
サーカス　あ、そうか。
王様　（ヤングを指してマーガレットに）こいつがどうしてもスージーの誕生日にしてほしいって言うからずらしてやったんだよ。
サーカス　ずらしちゃうあんたもあんただけどね。
ドクター　（笑いまじりに）しかも当のスージーは結局来ねえし。精霊様もたまったもんじゃねえよなぁ。

ヤング、不意にギターを持って立ち上がると足早に去って行く。

ドクター　（その背に）あれ、バカ、冗談だよヤング。そうだ、向こうに伝道所からの炊き出しが出てるぞ。うめえぞ。

ヤング、行ってしまった。

サーカス　だいぶこたえてるね……。
王様　あいつギター一生懸命練習したのに。
ドクター　スージーに聞かせるためにかい？
王様　スージーがなんとかっていうギター弾きのファンなんだってさ。
マーガレット　レス・ポールよ。
王様　おまえ、俺よりあいつに詳しいな。
マーガレット　レス・ポールはパパのお友達の会社でギターを製作したからよく知ってるの。彼、パパのお誕生日に新曲をプレゼントしてくださったのよ。[*82]

ややぎこちない間。

王様　（ドクターとサーカスに、苛立ったように、しかし小声で）いちいちぎこちなくなるんじゃねえよ……！
サーカス　（ぎこちなくなっていたが）なってないよ。ねえ。
ドクター　（まだぎこちなく）う、うん、なってませんよ。
サーカス　なんで急に敬語なんだい。

＊82　マーガレットの両親の現状について、劇中で言及されることはないが、おそらく父母共に亡くなっているのだろう。父の急逝によって、世間知らずの一人娘が突如会社をまかされたと考えると、いろいろ納得がいく。

マーガレット 信じられないのも無理ないわ。あたしもこの頃、本当に乞食になった夢をみるもの。

ドクター そうなんですか……。

別の乞食B、Cが通りかかる。

乞食B （マーガレットに）よぉチキンちゃん。

マーガレット こんばんは。

乞食C （面白がるように）会社の経営の方は順調であられますか？

乞食B、C、笑う。

王様 （いきり立って）からかうんじゃねえ！

王様、焚き火の中から木の枝を抜きとって振りかざし、逃げるB、Cを追って走り出す。

マーガレット （その背に）いいわよ王様、もう慣れっこよ！

王様、行ってしまった。

ドクター　あんなにムキになっちゃって……（マーガレットに）どう見たってあいつ、おまえさんにホの字だぜ。
マーガレット　ホの字？　なんですかホの字って。
サーカス　（ニヤニヤしながら）「ほかの女にゃ見向きもしない」のホだよ。
マーガレット　え……。
ドクター　（同じく）「ほんきで、ホールミータイト、プリーズ」のホだよ。
サーカス　合ってんのかいあんたの英語。
ドクター　合ってるよ。ドクターも英語だぜ。
サーカス　知ってるよ。
マーガレット　ホの字なんかじゃありませんよ。
サーカス・ドクター　（口々に）ホの字だよぉ！
マーガレット　もしそうだとしても困るわ。だってあたしには
サーカス　（遮って）婚約者がいるからねぇ。
マーガレット　そうなんです。
サーカス　ま……ゆっくり考えりゃいいさ……。
マーガレット　なにをですか？
サーカス　だからどっちどっちを選ぶか。
マーガレット　どっちって決まってるじゃありませんか。え、どうして王様を選択肢に入れなきゃならないんですか……？

ハムが誰かを捜しながら戻ってくる。

ハム　ヤングは？

ドクター　今スージーのことでからかったらむくれて向こうに走って行っちゃ……

と、ドクターが不意に言葉を止める。ハムの後ろに当のスージーの姿があったのだ。

ドクター　スージー……！

スージー　こんばんは。

皆　（驚きながら口々に挨拶を返す）

ドクター　（なぜかまた敬語になって）まあどうぞどうぞ。

ハム　ドクター、呼んで来てよヤング。

ドクター　おう、ションベンもらして喜ぶぞあいつ！

ドクター、走り去る。

サーカス　よく来れたね……。

スージー　汽車が遅れてしまって……

サーカス　汽車のことなんかよりどうやって出て来たのさ。親戚んちに閉じ込められてたんだろ？

スージー　（ハムに、苦笑しながら）もうみんな知ってるんですね……。

ハム　乞食は内緒とか秘密とかそういうの面倒臭いから。

スージー　ああ……。

ハム　（サーカスに）屈強ないとこたちに「夢をみた」って言ったら縮みあがったらしいよ。

サーカス　（スージーに）何て言ったの？

スージー　「日が暮れると、外に出たあなたたちが一人残らず雷に打たれた」って。

サーカス　本当にみたのかい……!?

ハム　作り話だって。

スージー　フフフ……！

皆、笑う中、ヤングとドクターが来る。

ヤング　（遠くから）スージー！

スージー　ヤング……！　ごめん、汽車が遅れちゃって——

ヤング　（遮って大声で）俺はおまえが好きだ！

短い間。[*83]

＊83　シーン頭のト書きにあるように、ここまで「少し離れた場所」（舞台奥である）から「軽快な楽団の演奏」が聴こえていたが、ヤングの絶叫とも言える台詞と同時に一瞬演奏が止み、すぐに、それまでの賑やかな演奏とはうって変わった、ミディアムテンポのジャズが流れ出す。

ドクター　（ボソリと）いきなりそんな——

サーカス　いいじゃないか……。

ヤング　好きなんだよ！（急かすように）おまえは⁉　どうなんだよおまえは⁉

スージー　……好き。大好きよ……。

ドクター　（サーカスに）聞いたかい……！

サーカス　大がついたよ。

ヤング　俺はもっと、大々々好きだよ！

スージー　……じゃあ降参。（と両手を挙げる）

ドクター　（目頭を拭いながら）なんか……いいもん見ちまったな……。

サーカス　あんた泣くことないじゃないかバカ（と言いながら自分も目頭を拭う）[*84]

ヤング　スージー、誕生日おめでとう……。

スージー　ありがとう……。

皆、拍手。

王様が戻ってきて、なんだかわからないのに拍手する。

スージー　（王様に気づく）

王様　（初めてスージーの存在に気づいて）スージー！（ヤングに）ヤング、スージー！

＊84　こうした芝居はもはや「人情喜劇」である。

ヤング　わかってる。
ハム　兄ちゃん今一番いいとこ見逃したよ。
王様　え？
スージー　ヤングが好きだって言ってくれたの。
王様　（「‼」となってヤングを歓喜の表情で見てから、スージーに）よかったなあスージー！　それ俺が言えって言ったんだよこいつに！
スージー　え……⁉
マーガレット　違うわよ！
ヤング　違うよ！
王様　違わねえよ！（ドクターとサーカスに）言えって言ったよなぁ俺さっきこいつに。言わねえと伝わらねえから言えって、そんなようなこと。
マーガレット　言ったけど、ヤングは言われたから言ったわけじゃないのよ。
王様　（理解できず）え……何言ってんだ。
マーガレット　だから
王様　（遮ってスージーに）それで⁉　ヤングが好きだって言って？　スージーはなんて言ったの⁉
ヤング　いいよもう。
王様　よくねえよ。
スージー　じゃあもう一度言うわね……ヤング大好きよ。
王様　（再び「‼」となり、ものすごく照れるようにスージーに）バカヤロウ！

ヤング　スージー……。
スージーの母の声　スージー！

息を荒くしながらスージーの母が姿を見せた。[*85]

7－2　母と娘と乞食

スージー　来ると思ってたわ母さん……。
王様　（スージーに）お母ちゃん？（スージーの母に）どうぞどうぞ火にあたってください……！
スージーの母　（おぞまし気に）乞食が何か言ってる……。
スージー　（強く）そんな言い方しないで！
スージーの母　……スージー、今日はもう叱らないから家に戻りましょう。一晩ゆっくり話し合って
スージー　（遮って）もう母さんと話すことは何もないわ。ちっともわかってくれないじゃない。あたし決めちゃったのよ！
スージーの母　乞食になるってですか……!?
スージー　あたしは行きたい所へ行って会いたい人に会うの。それができないんじゃ生きてる気がしないわ！

＊85　この時点で、舞台上には役者、ダンサーが全員集合している。むろん全員乞食の衣裳である。

スージーの母　もしあなたが乞食になっちゃったりしたら、母さん天国の父さんに顔向けできません……！
スージー　あたしが小さい頃、父さん言ってくれたわよ。「好きなように生きて、なりたいものになれ」って！
スージーの母　父さんはおまえが乞食を選ぶなんて思わなかったからそう言ったんです……！　あの頃あなたパン屋さんになりたいって言ってたんですよ……⁉
スージー　パン屋さんと乞食の何が違うの⁉
スージーの母　何が違うって……わからないのあなたは。（乞食たちに挙手を促し）パン屋さんと御自分たちが同じだと思う方。

まずスージーが手を挙げ、すぐにヤングとマーガレットとハムも手を挙げる。
王様が拳で掌をパンパンやって無言の威圧をすると、すぐさま全員が手を挙げる。

スージーの母　（王様に）あなた今なんでこうやってパンパンってやったの⁉
王様　（とぼけて）やってませんよ。
スージーの母　やったじゃないですかこうやってパンパンて。あなたがヤング？
王様　俺？　いやいや、
ヤング　（きっぱりと）俺です。
スージーの母　あらあなた。まだ子供じゃないの。

ヤング　俺はスージーを……愛してます。

一部の、ヤングをよく知る乞食たちは、各々、反応をする。

ヤング　（ので）なんだよ……。

スージー　あたしもヤングを愛してます。

ヤング　……ということなので、娘さんとおつきあいするのを許してもらえませんか……⁉

スージーの母　（首をゆっくり横に振りながら）乞食は嫌よ……。

ヤング　スージーを乞食にさせたりしません！　俺は命を懸けてスージーを――愛するひとを守り抜きます！　信じてください‼

スージーの母　乞食にさせないのね⁉

ヤング　させません！　絶対にさせませんから。おつきあいするのを許して頂けますか……⁉

スージー　許してくれないなら今日から乞食になります！

皆、思わずスージーを見る。

スージーの母　（ヤングに）……本当ですね⁉　本当につきあうだけで乞食にはさせませんね⁉　約束ですよ⁉

ヤング　許してくれるんですか……⁉

スージーの母　ですけど……乞食とおつきあいしているうちに、乞食になってしまいやしませんか⁉（**再び乞食たちに挙手を促し**）乞食じゃなかったのに乞食とおつきあいするうちに乞食になってしまった方。

一人が手を挙げるが、他の乞食たちの視線に気づくとすぐに下ろす。

スージーの母　……。

マーガレット　（**手を挙げて**）よろしいかしら。

スージーの母　なんですか……？

マーガレット　（**キッパリと**）私は乞食の方々とすでに三週間寝食を共にしておりますけど、乞食にはなっておりません。

スージーの母　（**面喰らって**）なってないんですかあなた、乞食に。

マーガレット　なってません。なってませんけど、毎晩夜空を見上げて眠るうちに星の並びをすっかり覚えましたし、食生活もすっかり変わり、虫だって食べられるようになりました。この三週間は辛いこともありましたけど忘れられない三週間になりました。乞食の皆さん、どうもありがとう……！

スージーの母　……。

目をうるませた王様が大きく拍手するので、乞食たちもそれに促され、拍手す

る。

王様　（スージーの母に）はいじゃあお引き取りください。

スージーの母　（スージーに金を）これ、持ってなさい。お金が無くちゃ困るでしょう。

マーガレット　必要ありません。

王様　そうです必要ありません。あなたからの施しは受けない！

スージーの母　あなたたちにじゃなく娘にです！

スージー　いらないわ！

ヤング　いりません！

スージー　生活するお金ぐらい自分で稼ぎます！

ハム　よく言った！

スージーの母　だって乞食と一緒にいてどうやって稼ぐんです……。

ドクター　わかっちゃねえなあ。乞食だから貧乏だとは限らないんだぜ。

サーカス　そうよ。ドクター、見せてやりな。

ドクター　おう。（と例の財布を掲げ、中から何枚かの札を出して）ほら。どうだい。

スージーの母　どうだいと言われても……

ドクター　金に困ったことなんか俺ぁ一度もねえよ。ほら。ほら。（と二枚の札を破く）

スージーの母　あ！

王様　（さすがにやり過ぎと思ったのか、その様子を断ち切るように）さあお引き取りください！

ハム　帰れ！　帰れ！　帰れ！　帰れ！

帰れコールがみるみるひろがってゆく。

乞食たちの大合唱。

スージーの母　（コールの中、ほとんど聞こえないが）絶対に乞食になってはいけませんよ！

スージーの母、去る。

帰れコールが歓声に変わる中、ヤングとスージーが抱き合う。

ドクター　（様子がおかしい）

サーカス　（ので）なに、どうしたの。

ドクター　（泣きそうな顔で）間違えて本物の札を破っちまったかもしれねえ！

何人かの、事情を知る乞食が驚いて「ええっ！」と声をあげる。

ドクター、破いた札の紙片を拾い上げながら

ドクター　サーカスにラジオのお返しをしなくちゃと思って、空き瓶売った金を……

サーカス　え……!?

ドクター　（紙片を焚き火の明かりにかざし）ああ大丈夫だ！　ほらこれこども銀行の「ど」だろ……!?

王様　ああ、「ど」だな。

ハム　（拾ってやった札の紙片を火にかざして）こっちのお札も「こ」よ。

ドクター　よかったぁ！

サーカス　（内心嬉しいのだが）まったく世話が焼ける人だよ。分けときなよ本物の札は。

ドクター　うん、ごめん……。なにが欲しい？　懐中電灯でいいかい？

サーカス　いいよなんでも……。

ドクター　（ラジオをつけて）このラジオ聴くようになってからぐっすり眠れるんだよ……。

サーカス　よかったじゃないか……。

マーガレット、二人に向けて大きな拍手。王様がそれにのってさらに大きな拍手をするので、再び他の皆も拍手。

ヤング、ラジオから流れる音楽に合わせてギターを弾き始める。

乞食たち、音楽に合わせ、ある者は激しく、ある者は地味に、思い思いに体を動かす。

かけ声やハミングがあってもよい。

しばらくの間ギターを弾くヤングの傍に寄り添っていたスージーも、やがて乞食たちと共に踊り出す。ドクターはもちろんサーカスとペアになって、ハムと踊っていたマーガレットは、途中から王様と踊る。[*86]

と、突然の稲光り。皆が空を見上げるなり豪雨。

皆、「わ!」というような声をあげて、宴は強引に中断される。散在する焚き火の炎が瞬く間に消えてゆく。

すでに雨やどりに去って行く者や、食料を集めて持ち帰ろうとする者、あきらめてその場に座り込む者——

ドクター こりゃもう今夜はお開きだな……。

王様 (いまいまし気に空に向かって)バカヤロー!

サーカス (パンを持ち帰ろうとする乞食に)ちょっとそれはあたしんだよ! 向こうにまだなにかあんだろ!? 自分の食いもんは自分で確保しな![*87]

ドクター サーカス、おやすみ。

---

*86 勢いよく踊っていたマーガレットがつまずいて転ぶと、王様が手を差しのべ、手を引いた勢いで思わず抱きついてしまう、という一景が挟み込まれた。その後、二人は照れたように離れ、マーガレットは再び踊り出す。王様はぎこちなく、無意識に焚き火の缶のふちに腰かけて「あちちち!」となり、マーガレットが笑うのである。音楽が大音量で鳴る、ある特別な、高揚した空気の中でこそ、こうしたデフォルメが成立する。

*87 雷鳴と同時に音楽は途切れ、照明が変わり、人々はいきなり彼らにとっての厳しい日常に引き戻される。サーカスのこの台詞が象徴的である。

サーカス　おやすみ。

他にも適宜おやすみの挨拶が交わされて――

マーガレット　（雨をしのぎながらハムに）この雨じゃせっかく集めた段ボールも水浸しね……。
ハム　だから「軒下に積んどいた方がいい」って言ってたのに、兄ちゃん「少し濡れたぐらいの方がいいんだ」って。
マーガレット　意味がわからない。
ハム　意味とかないのよあの人。なんとかなるわよ。あたしちょっとあっちの草むらでおしっこしてくるね。
マーガレット　あ、はい。

ハムが去って行くとすぐに王様が来る。

王様　メリィの奴は？
マーガレット　（行った方を指し）今おしっこに。
王様　ああ。この雨じゃあ段ボール使いもんになんねえな……だから「濡れないとこに置いとけ」って言ったのに。
マーガレット　誰に？

王様　メリイに。

マーガレット　ちょっとぐらい濡れた方がいいんじゃないの⁉

王様　なんで。いいわけないだろう。

マーガレット　……。

王様　俺もションベンしたくなってきちゃったな。ちょっと待ってて。

マーガレット　あ、はい。

王様、ハムが去ったのと同じ方へ去る。乞食のひとり（D）がジャムの瓶の内側を指ですくって舐めている。別の乞食（E）がやって来る。

乞食E　何食ってんだい……？

乞食D　ジャムだよ。

乞食E　（羨ましそうに）ジャムか……おいしいかい？

乞食D　うまいよ。こうやって少し雨を混ぜると増えるからいっそううまいよ。

乞食E　いいなぁ……。

乞食D　いいだろ。（舐めて）分けてほしいかい？

乞食E　分けてくれるのかい？

乞食D　分けてあげないよ。（舐めながら）おまえが分けてほしがってるのを感じながら舐めたいだけだ……。

乞食E　……。

乞食D　分けてほしいかい？

乞食E　……分けてほしいよ……。

乞食D　うん……（と舐めて）こいつはうまいや……。

二人のやりとりを眺めていたマーガレットが、何か思い出したのか、ハッとした表情になる。

マーガレット　あ……！

乞食D　（その声に）あ？

マーガレット　苺ジャム……！

ひときわ大きな雷鳴と共に景色が消えてゆく。

8

8−1　日記帳[*88]

ソニック社。
雨の音がし、時おり雷鳴も混じることから、前章の終わりとほぼ同じ時刻だと思われる。
タチアナが一人、ソファーで例の、9月13日までのマーガレットの日記帳を読んでいる。

マーガレットの声　「9月13日、今日タチアナという新しい小間使いが来た。やせっぽちでみすぼらしくってお父様は気に入らないみたい。物欲しそうな目で人をジロジロ見て、とっても気味悪い子だ。きっとすぐに追い出されるわ。」

うつろなタチアナの表情に宿るのは、怒りではなくむしろ哀しみで——

コブの声　社長、いらっしゃいますか？

＊88　196ページでハットンが登場するまでの間、「笑い」は小休止する。台本でも意識されているが、演出も同様。「笑えるように」の注文ひとつで、手練れの俳優たちはコミカルな空気を作り出すことができるけれど、ここはあえて我慢。

タチアナ　入りなさい。

コブ　（階上のドアを開け）やはりこちらでしたか……。

タチアナ　マーガレットの消息は？　わかりましたか？

コブ　いえ……一体どこへ消えてしまったのか……予定されていたキャンプファイヤーも行われず、広場には人っこひとりいなかったそうです……。

タチアナ　キャンプファイヤー？

コブ　乞食たちが三ヶ月に一度集まって行っている、精霊の祝祭行事です。水の精霊と火の精霊が三月に一度交替するそうで……それがちょうど三日前でした。

タチアナ　ロイド社からも報告は何もないの？

コブ　ええ。本日訪問日ですので間もなくいらっしゃるかと思いますが……。

コブ、タチアナが傍に置いた日記帳に目をやる。

タチアナ　……。

コブ　また日記を読まれていたのですか……。

と、その時、階上のドアの外から会社の女の声。

会社の女の声　失礼致します。スタイラー様。

コブ　入れ。

会社の女　（入室して）古物商のフォンファーレ様がおいでです。日記帳をお届けに参られたと――

コブ　日記帳？

タチアナ　お通ししなさい……！

会社の女　かしこまりました。

会社の女、引っ込む。

コブ　買い値の交渉は私にまかせてください。しかし……あまり過去に囚われますとお身体に障りますよ……。

タチアナ、何も言わない。

コブ　……。

会社の女　どうぞ。

会社の女に連れられてフォンファーレが入室してくる。アンティークものらしき服を身に纏った、妙な具合に紳士的な老年男である。*89

フォンファーレ　見つかりましたよ。マーガレット・ロイド、10歳の時の9月14日

＊89　「妙な具合に紳士的な老年男」フォンファーレは温水洋一くんに演じてもらった。＊88に記したように、笑わせてはいけない。彼の登場で、舞台上の空気が「可笑しい」というより「奇妙な」ものになるとよい。もちろん稽古場では皆、容赦なく爆笑だったわけであるが。

から翌年1月5日までの日記帳。（と掲げる）

コブ　いきなり来ずに連絡ぐらい入れたらどうだ……。

フォンファーレ　いやいや今日のような日記帳をお持ちするにはいきなりがいいんです。見てください。（日記帳の背表紙を示し）この辺りがいかにも9月14日からの日記帳でしょう。

コブ　わからんよ。言い値は。

フォンファーレ　こいつはちょっとばかり値が張りますよ。

コブ　もったいつけるな！

フォンファーレ　嫌なら買わなければいい……。

コブ　……。

タチアナ　欲しいだけお支払いします。おいくらでしょう？

コブ　社長……。

フォンファーレ　これは驚いた。よろしい。お代は結構、差し上げましょう。

タチアナ　（苦笑して）冗談言ってないで早く譲ってちょうだい。

フォンファーレ　私は冗談なんか言いませんよ。なるほど、あなたがタチアナさんか……。

タチアナ　え……（と日記帳とフォンファーレを交互に見る）

フォンファーレ　差し上げます。可愛がってやってください。

会社の女がコーヒーを運んで来る。

会社の女　失礼致します。コーヒーをお持ち致しました。
フォンファーレ　ありがとう。だが私はあなたのような若い女性のコーヒーは飲まないようにしてるんだよ。あなた日記つけてる？
会社の女　（面喰らって）はい？
フォンファーレ　日記。つけてないだろう。
会社の女　はい今は……。
フォンファーレ　子供の頃は？
会社の女　つけてましたけど。
フォンファーレ　どんなことを書いたかね？
会社の女　もう忘れました。
フォンファーレ　そら御覧。では読み返してみるといい。
会社の女　もうどこかへいってしまいました。
フォンファーレ　じゃあ今度売ってやろう。金を貯めたら買いに来なさい。
会社の女　ありがとうございます……。
フォンファーレ　（そこにいる三人に）ではごきげんよう。

フォンファーレ、瞬く間に去って行った。

コブ　（いまいまし気に）虫の好かない男だ……。（会社の女に）下がれ。

会社の女　失礼致しました……。

会社の女、去った。

タチアナ　コブ、ひとりにしてちょうだい。

コブ　間もなくロイド社から（グリーンハムさんが）

タチアナ　（遮って）わかってます、少しの間出て行って。

コブ　承知しました。（と、雷鳴の中、階上へ行き）失礼致します。

コブ、出て行った。

タチアナ　……。

タチアナ、日記帳の表紙を見つめ、不思議なものを見るように掌をすべらせ、やがておそるおそる開く。[*90]

タチアナ　（静かに読みあげて）「9月20日　パパが外国のお仕事に行ってしまった。とても寂しい。誰とも口をきかないでいたら『マーガレットさまにマーガレットの花を差しあげます』と言って、タチアナが庭の花を摘んできてくれた。『これはマーガレットじゃなくてタンポポよ』と言ったら、タチアナの顔が真

＊90　「笑い」を抑えてきたのは、すべて、ここからの数分のためである。

っ赤になったので可笑しくていっぱい笑った。笑っている私を見てタチアナも笑った。」

タチアナ、笑みがこぼれる。

静寂の中、雨の音。

タチアナ　……。

タチアナ、頁をめくり、静かな笑みを浮かべながら読みあげる。

タチアナ　「10月10日　今日は大事件が起きてハラハラした。タチアナがママの大切な緑色の花瓶を落として割ってしまったのだ。パパはタチアナを追い出すと言ってカンカンに怒っている。『タチアナを追い出したら、パパとはもう口をきいてあげない』と言ったら、追い出したりしないと約束してくれた。パパありがとう。」

タチアナ、驚きのあまり茫然とするが、やがて再び笑顔になると、そっと目頭を押さえる。

雨の音。

タチアナ　……。

タチアナ、頁をめくり、読みあげる。

タチアナ「11月16日　お庭でポニーと遊んでいたら、馬小屋でタチアナが大きな声で泣いていた。他の使用人たちにニンジン頭と言われたんですって。『私のポニーはニンジンが大好物だけど、タチアナはニンジンが嫌いなのかしら？』そう聞いたら泣き止んだ。私もニンジンはトマトの次くらいに好き。」（頁をめくり）「12月4日　今日午後のケーキと紅茶をいただいたあと、椅子に座ったままお昼寝をした。何だか楽しそうな話し声がして目が覚めちゃった。食堂の方から声がするのでそっと覗くと、ニンジンが白いネズミにビスケットをあげながらお話をしていた。私もネズミにビスケットをあげてみたい。」

タチアナ、思わず小さく笑い声を漏らしながら頁をめくる。

タチアナ「12月、25日……」

タチアナ、しばし黙読しているが、やがて唇が震え、嗚咽が漏れ、すぐに我慢できなくなってワッと泣き出す。

コブの声　失礼致します。

タチアナ、返事を返すことなく泣いている。
ドアが開く。

コブ　……グリーンハム氏が御来社です……。なにが書いてあったのかは存じ上げませんが社長、書いた本人はもう憶えてないのです。すっかり忘れているんですよ……。
タチアナ　だからなんですか……。
コブ　だから、なかったことと同じです。
タチアナ　あたしはそうは思いません……。
コブ　……お通ししてよろしいですか……？
タチアナ　……。
コブ　お通し致します。（ドアの外に）どうぞ……。

ハットンが入室してくる。

ハットン　失礼します。
コブ　（タチアナに）やはりマーガレット様の行方は未だ掴めていないとのことです。

ハットン　（コブに）様なんかつけなくていい。
コブ　それは私が決めることです。今日はおひとりで？
ハットン　チャックの奴がおかしくて、このところまったく使いものにならない。
コブ　元々でしょう。
ハットン　元々だけど――（**タチアナに**）泣いてました？
コブ　泣いてません……！
タチアナ　こちらからの報告はとくにありません。マーガレットさんが見つかって
ないのなら進捗無しです。
ハットン　どうだろうソニック社長、予定よりちょっと早いが……ベイジルタウン
の取り壊しを始めては……
タチアナ　あと一週間ちょっとですよ。なぜ待てないんです。
ハットン　開発はマーガレットだって望んでいることです。いずれにせよ取り壊す
んだ。

短い間。
タチアナ、ハットンの顔を見据える。

タチアナ　あの日、「バラックには誰もいない、火をつけるなら今だ」と言ったの
はあなたですよ。チャックではありません。
ハットン　（**まったく動じずに**）いや、チャックですよ。

タチアナ　あなたの声でした。

ハットン　（まったく動じずに）私の声はチャックの声によく聞き間違えられるんです、似てるから。

コブ　似てますか。

ハットン　似てます。私ですらチャックが喋ってると「あれ、俺かな」と思うことしばしばで。*91

タチアナ　しばしば。

ハットン　しばしば。取り壊しを始めましょう。

チャックが乱暴にドアを開ける。

チャック　あ、いらっしゃった。（入って来る）

コブ　（ハットンに）あなた方の会社にはマナーというものがないのですか？

チャック　（かまわず）社長代理。

ハットン　（うるさそうに）なんだ！　家で寝てろと言っただろう。

チャック　寝てたんです。寝てたら枕元にミゲールの奴が来て

ハットン　またミゲールか。

チャック　ミゲールの囁きが聞こえてくるんです耳元で。「チャック様、どうして救急車呼んでくれなかったんですか」って。

ハットン　夢だろう。

＊91　「笑い」に復調してよろしい、という合図のような台詞である。

チャック　夢じゃありません。

大きな雷鳴。

チャック　（に反応して）ほら！　今のミゲールでしょ。「夢じゃありませんよ！」っていう――

ハットン　（タチアナとコブに）執事です。亡ったんです、自動車にはねられて。

コブ　自動車。あなたの？

ハットン　私のじゃない。あなた方私をどう見てるんです。私は仕事一筋の人間です。取り壊しを始めましょう。

チャック　社長代理、ミゲールが

ハットン　ミゲールはいい！　オババは？　連絡とれたのか。

チャック　ミゲゲは連絡が

ハットン　ミゲゲってなんだ⁉　オババ！

チャック　オババと言っているつもりなんです[*92]！

ハットン　……とれたのか連絡……！

チャック　とれたにはとれたのですが、もう関わりたくないと。

ハットン　……なんだ関わりたくないって。

チャック　協力したくないと言われました……そうだ、ミゲゲから、いやオババから、いやミゲゲから伝言を承っております……（と手帳を出し、開いてメモを読

＊92　コメディを書いていると、一作にひとつは必ず、自分で書いたクセにしばらく笑いが止まらなくなる箇所がある。今回はおそらくチャックが、というか菅原永二がそうした瞬間を提供してくれるのではないかと予感はしていたが、ついに来たのがここだ。考えて書いた台詞ではない。スラスラと流れるように書けてしまった。チャックを別の人間が演じていたら絶対に書けなかった台詞だ。

みあげる）「ネズミ殺しのモイに、心を入れ替えるように」と。

短い間。

ハットン　……わかった、伝えておく。
チャック　誰ですかネズミ殺しのモイって。ネズミ駆除の方？
ハットン　ネズミ駆除の方。
チャック　お知り合いですか？
ハットン　まあまあ。
チャック　まあまあ。どうして社長代理に伝えてくれなんて言ったんでしょうね？
　直接伝えればいいのに。そんな、まあまあしか知らない社長代理に。
ハットン　知らないよ。ミゲゲに聞け。
チャック　ですから、そのネズミ駆除の方が心を入れ替えるまで、一切の連絡には
　応じないとおっしゃられて。
ハットン　へえ……
コブ　身内のいざこざは他でやってもらえませんか。
ハットン　（チャックに）そうだよ……。
コブ　今日のところはお二方ともお引き取り（頂いて）
チャック　（大声で）あれ⁉
コブ・ハットン　なんですか。（とか）なんだよ！（とか）

チャック　（手帳に書かれた文字を）これ、ミゲールの字じゃありませんか⁉

ハットン　え……⁉

チャック　ミゲールの字ですよ！

ハットン　おまえミゲールの字なんかわからないだろう！

チャック　（手帳を見つめて）わかりますよ。字を見るだけで顔が浮かびます！（読んで）「生命保険の証書は頂戴しました」。

ハットン　⁉

チャック　なんでしょう生命保険て……ミゲールの奴が私にかけてたんですかね、密かにね……！

ハットン　（明らかに内心動揺しているが）失礼しよう。（タチアナに）また明日にでも連絡とり合いましょう。取り壊しの件、よくお考えください。

タチアナ　グリーンハムさん。

ハットン　……ハットンで。

タチアナ　グリーンハムさん。あなたが御希望なさっていた通り、契約は白紙に戻しましょう。

短い間。

ハットン　（コブに）今なんておっしゃいましたかあんたんとこの社長。

コブ　お聞きになった通りなのでは……。

タチアナ　取り壊しでもなんでもお始めになってください。今後一切私は関知致しません。ただしわが社の所有する第七地区と、どこかの誰かが所有する第十地区には手をお出しにならぬよう。

ハットン　今さら何をおっしゃるんですか。あなたの方から手を組もうと言い出しておいて……

タチアナ　気が変わったのです。

ハットン　（問い詰めるように）いつ……⁉　いつ変わったんです⁉

タチアナ　さあ、いつだったかしら……（と日記を抱くようにしてもつ）[*93]

コブ　……。

チャック　え、ベイジルタウンの取り壊しを始めるんですか……⁉

ハットン　始めるよ……。

雷鳴。

＊93　こうした、ちょっとした指定がとても重要。「（マーガレットの）日記」を思わず「抱くように」もつ、タチアナの心情よ！

9

9－1　ミゲールの帰還

7の数分後。
雨の中、草むらで立ち小便をしている王様。
同じく小用を終えたのだろうハムが姿を現す。

ハム　（一瞬ギクリとするが）なんだ兄ちゃんか。
王様　（小便をしながら）あ、いた。いっぱい出たか。
ハム　出たよ。
王様　冷えてきたな……チキンがおまえこっちにションベン行ったって言うから。
ハム　なんでわざわざ同じ方に来るのさ。
王様　連れションだろ。仲良く並んで
ハム　（遮って）男女で並んで連れションはしない。
王様　バカ、兄妹だろう。（小便を終える）
ハム　兄妹だって（兄が右手で水を切るような仕草をするので）なんで今こうやった

の。

ハム　やってねえよ。おしっこついたの？（王様が「わぁ」とか言って頬のあたりを触ろうとしてくるので）触らないでよ！　ひっぱたくよ！

王様　（むしろ喜んで）ついてねえよ。んな、雨もションベンも同じだろう。

ハム　同じじゃないでしょ。

王様　（表情変わって）なんだあいつ……。

小さな翼をつけたミゲールがコウモリ傘をさして立っていた。

ハム　（ミゲールが自分たちを見ているので）なんですか？

ミゲール　あ、見えますか私。

王様　あ？

ミゲール　よかった。乞食の方には見えるんだな……。

ハム・王様　……。

ミゲール　つかぬ事をお伺い致しますが、マーガレット様を御存知ありませんでしょうか？　マーガレット・ロイド様です。

王様　（聞きとれないようで）なんか言ってるぞ。*94

ハム　あんたどこから声を出してるの？*95

ミゲール　は、一応口からのつもりなんですがね……そうですか、やはりまだよく

＊94、95　上演ではミゲールの台詞にリヴァーブ・エコーをかけた。もちろん観客には聞きとれている。王様たちの反応によって、舞台上でのあり様をイメージしてもらうということだ。

聞きとれませんか……だいぶよくはなってきたんですけどね……（いきなり大声で発声練習をして）あ、あ、あえいうえおあお、かけきくけこかこ。

ハム （王様に）ねえ、羽根が生えてるわよこの人……。

ミゲール はい。一度死んでしまって戻ってきたからです。だからと言って飛べるわけではないんですよ。やったぁと思ったんですがね、飛べませんでした……。

王様 行こう。（と歩き出す）

ハム （歩き出して）さよなら。

ミゲール （その背に）お待ちください！　御存知ありませんかマーガレット様を。

ハム （立ち止まって王様に）今この人マーガレットって言った？

ミゲール 言いました……！

王様 言ってねえよ。ナメクジがどうとか

ミゲール （遮って）言ってませんそんなこと！　御存知なんですねマーガレット様を⁉

ハム ほらマーガレットって……！

王様 ……あんたチキンの知り合いか？

ミゲール チキン？　いえ、そのような方は存じ上げません。

王様 いや、ナメクジの話じゃなくてさ、

ミゲール 言ってませんナメクジなんて！

ハム チキンの知り合いなの？

＊96　このシーン、上演期間の後半から、登場順を逆にした。まずは雨の中ハットン（の兄）がブツブツ言いながらやって来て、その後マーガレットが、出てくるなりすぐさまハットン（の兄）を発見し、同時に「ハットン⁉」と叫ぶ。気づくのもマーガレットを先にした。

当然理由がある。ハットンの兄とハットンは山内圭哉の二役であり、このシーンの面白さは「マーガレットがハットンの兄をハットンだと思い込んで接している」という前提を踏まえて生じるものである。ところが、いざ初日が開いてみると、この前提がうまく伝わっていないように感じた。ヘタをすると、登場したハットンの兄をハットンだと思っているお客さんもいる様子が窺われたのであり、そう思うのはマーガレット

ミゲール　（喋らずに手ぶりで否定）
王様　違うってよ。
ハム　なんだ……どうする？
王様　ほっとけ。
ハム　（ミゲールに）ほっとくわよ。
ミゲール　ほっといてください。ついて行きますから。

ハムと王様、歩き出す。ミゲール、ついて行く。

ハム　ついて来てるわよ。
王様　ほっとけ。
ミゲール　ほっといてください。

ハム、王様、ミゲール、去って行く。

9-2　水道のハットン

雨の中、ハムと王様を待っているマーガレット。
ハットンの兄（水道のハットン）が来る。[*96]

だけでよいのだ。（こう書きながら、便宜上「ハットンの兄」と書いている人物が本当はハットンで、「ハットン」と書いている人物は本当はモイなのだということが非常に気持ち悪いのだけれど、仕方ない。それはまた別の問題である。）「ハットンの兄」の出番はここが二度目で、一度目は93ページにチラリと出て来ただけだから、観客の認識が充分でなかったのかもしれない。いずれにしても、これは私にとって重大なミスなのであり、なんとか、少しでもわかってもらうようにととった策が出順の入れ替えなのである。台本ではまずそこにマーガレットがおり、彼女は現れたハットンの兄の様子を充分に認識できてしまう。もちろん、二人の間には充分な距離があるとはいえ、「気づいていない」という芝居は

ハットンの兄　耳か、耳のところが。まずはモヘンジョダロ、モヘンジョダロには・・・いつくもの井戸が深く深く、あるいは深く掘られておりました。水道。耳か、耳のところが。（マーガレットに気づく）

マーガレット　（も彼の存在に気づいて）ハットン……⁉

ハットンの兄　⁉

マーガレット　ハットンでしょ⁉

ハットンの兄　はい……！

マーガレット　ダーリン！　会いに来てくれたのね⁉

ハットンの兄　そうそうそうそう！

マーガレット　どうしたのそんな格好して。（周りを確認して）見事な変装よ！　会いたかった！（と抱きつき、そのまま嬉しそうに）臭い！　とても臭い！　やり過ぎよハットン！　髪型まで変えて……

ハットンの兄　そうそうそうそう！

マーガレット　（も合わせて）そうそうそうそう。

二人、笑う。
なんだかわからないが、ハットンの兄には、マーガレットが一緒に言ってくれたことがひどく嬉しい。

なんだか無理がある。出順を逆にして、どこまで問題を解消できたのか定かではない。正直申し上げて、さほどの効果は上がらなかったかもしれないが、やれるだけのことはやった。再演時にはなんとかします。演劇はむつかしい。

マーガレット　お酒飲んでるのね。
ハットンの兄　そうそうそう。
マーガレット　元気そうでよかった！　見ての通りあたしは大丈夫だから心配しないで……。あと一週間だもの。賭けには勝ったも同然よ。それにね、あたしニンジンのことすっかり思い出したの。
ハットンの兄　（嬉しそうに）ニンジン？
マーガレット　ニンジン。苺ジャム。
ハットンの兄　苺ジャム。
マーガレット　ええ。

いつの間にか雨があがっている。

マーガレット　会社の方は？　何か問題は？
ハットンの兄　なにをおっしゃいますか！
マーガレット　そうよね。よかった。あなたがついてるものね。[*97]見て。あなたが来たら雨も止んだわ……！
ハットンの兄　はい。
マーガレット　だけどもしこんなところを見つかったらすべてが台無しよ。誰にどこから見られてるかわからないわ。
ハットンの兄　それはね、ハットンにここから。

＊97　こういう「誤解による笑い」も、94ページでハットンの兄がすでに一度「なにをおっしゃいますか！」と言っているということを、お客さんが憶えていてくれなければ効果が格段に薄れるわけで、もう一度ぐらい言わせておけばよかった。

マーガレット　うん、あなたにそこから見ていてもらえてるととても安心だけれど、ソニック社の人間もどこかから監視してるかもしれないでしょ？
ハットンの兄　そうそうそうそう。
マーガレット　（かぶせて）そうそうそうそう。ね、だから戻って。ありがとう。会いに来てくれて本当に嬉しかった。一週間後に会いましょうね！
ハットンの兄　うん、いいんだけどね。
マーガレット　……なに？
ハットンの兄　やがて、街は膨大な資金を投入して開発されてね、立派な立派な用水路が
マーガレット　（遮って）そのことなんだけどねハットン。
ハットンの兄　（なぜかやけに神妙に）はい……。
マーガレット　実はあたしね……二人で考えていた開発プランとはまったく違う構想が浮かんでしまったの……。
ハットンの兄　……。
マーガレット　このベイジルタウンには家を持つ人々の他に、２００人以上の乞食の人たちが暮らしているの……。
ハットンの兄　……。
マーガレット　彼らはこの街をとても愛していて、たくましく、素敵な人たちよ……だけどいつも危険と隣り合わせなの……不幸な目に遭うことも少なくないわ……。あたしは彼らが安心して乞食を続けられる街に――ベイジルタウンを

そういう街にしたいのよ……！

マーガレットの語気にはみるみる熱が込もってゆく。

マーガレット　街の中心には大きな公園を造りましょう……いつでもシャワーとして利用できる噴水も必要ね……ガラスドーム式の熱帯植物園も……ドームの中では一年中おいしい果物を自由に食べられるの……もちろん冬の寒い時には誰でも寝泊まりすることができるのよ……身分証がなくても治療を受けられる無料の診療所も完備しましょう……！

マーガレットが語っている間に、空には月が浮かんでいる。
ハットンの兄、マーガレットを呆気にとられたように見つめていた。

マーガレット　（ハットンの兄を振り向いて）どう？

ハットンの兄　……。

マーガレット　どう思うハットン。

ハットンの兄　耳か。耳のところが。

マーガレット　耳？　耳がなに？

王様、ハム、（幽霊の）ミゲールが来る。

マーガレットにはミゲールが見えない。

ハム　（二人を発見し）あ。

ミゲール　（ハットンの兄をハットンだと思い）あ……！（と逃げて行く）

王様　（ので）あ。

マーガレット　ほら見つかっちゃった……（王様とハムに笑顔で）あたしの婚約者。（ハムに）今は変装してるからこんなだけど本当はもっとずっとかっこいいのよ。（王様とハムが顔を見合わせる中ハットンの兄に）ハットン、王様とハムよ。大変お世話になっているあたしのお友達。兄妹なのよ。

ハットンの兄　ああそうですか。

マーガレット　そうなの。

ハム　チキン。

マーガレット　なに？

ハム　この人は違うわ……。

マーガレット　なにが違うの？

ハム　この人、ハットンよ。

マーガレット　ハットンよ。

ハットンの兄　うんだけどさ、それはさ、それはね、耳か、耳のところが……「長過ぎるよちょっとぉ」ってね。「さみしいねぇ」ってさ。水道。上水道中水道下水道簡易水道工業用水道。こわいですよぉ民間の給水サービスは。

マーガレット　（ようやく理解して）水道のハットン……!?
ハム　水道のハットン。ハットン、チキンよ。
ハットンの兄　そうそうそうそうそう。
マーガレット　（ハットンの兄を見つめながら、茫然と）嘘でしょ……。
王様　どうしたんだよ。
マーガレット　（王様の事は見ずに）なんでもない……。
ハム　そっくりなのね？　あなたの婚約者のハットンと。
マーガレット　そっくりよ……！　そっくりだから間違えたんじゃないの……！
ハットンの兄　耳か、耳のところが。
ハム　そりゃ双児だもの。同じ顔してるわよ。

ごく短い間。

マーガレット　やめてよハム……違うわ……。
ハム　違わない。あんたもモイに騙されてるのよ、いつかのあたしみたいに。
ハットンの兄　（「モイ」に反応して）モイ……
王様　モイがこいつ（マーガレット）を……!?
ハットンの兄　（みるみる興奮して）モイ！　モイ！　モイ！（錯乱状態になり）うわあああああ！
ハム　大丈夫よ。モイはいないわよ。いないの。大丈夫。あんたをぶったりしな

ハットンの兄　（絶叫で）痛い！　穴があいちゃうよ！　痛い！　水道。痛い！
い。水道。

王様　ハットン大丈夫だから。水道のことだけを考えろ。

ハットンの兄　（交互に考えて）水道。モイ。水道。モイ。上水道中水道下水道簡易水道工業用水道。耳か、耳のところが。

王様　よし落ち着いた。（で話を戻して）チキンがモイに騙されてたって（どういうことだよ）

ハットンの兄　（再び「モイ」に反応して狂ったように）モイ！　モイ！　モイモイモイ！　うわあああああ！

ハットンの兄、逃げるように去った。

ハム　ハットン！

王様　（その背に）ハットン！　水道のことだけを考えるんだ！

ハットンの兄、行ってしまった。

マーガレット　……。

ハム　（マーガレットに）弟の――モイの名前を聞くとああなっちゃうの。いつも殴られてたから……。

マーガレット　あたしの婚約者はモイではないわ。ハットンは人を殴ったりなんかしない。

ハム　……（兄を見る）

王様　（ので）こいつも同じことを俺に言ったよ……「モイは人を殴ったりなんかしない」……。そう言った次の日には自分が殴られてた……。

マーガレット　モイなんて人じゃないんだってばあたしの婚約者は！　決めつけないで！

ハットンの兄が去って行くのを確認したのであろう、ちらちらと後方を気にしながら、ミゲールが戻ってきた。

ミゲール　マーガレット様！

王様とハムが振り向く。

ミゲール　（来て）マーガレット様……ご無事でなによりでございます……！　まさかあの男が来ているなんて思わなかったので仰天してしまいました。今すぐ私と一緒に安全なところへ参りましょう！

王様　（マーガレットに）なんだ、やっぱり知り合いなのか。

マーガレット　誰と？
王様　こいつと。
マーガレット　こいつ？
ミゲール　（王様とハムに）私はマーガレット様に38年間お仕えしてきた執事です。
ハム　（イライラと）もうちょっとハッキリ聞きとれるように話してちょうだい！
マーガレット　ハム誰と話しているの？
ハム　え……？
ミゲール　（愕然として）見えないのですか……!?　やっぱり乞食の方にしか見えないんだ……。
王様　（驚いて）おまえ見えないのこいつが。
マーガレット　（気味悪そうに）ヘンなことばかり言わないでよ……！
ハム　見えないのあんた？　きったない羽根を生やかした、どっから声が出てるのかわかんないおじいさんがいるでしょここに。
マーガレット　やめてちょうだい気持ち悪い……！
ミゲール　（ハムに）妙な説明の仕方しないでくださいよ！
王様　本当に見えないの……!?
マーガレット　見えないわよ!?　嘘ついたって仕方ないでしょ!?　本当にいるの？
ミゲール　います。
王様　（ミゲールと同時に）いるよ！　嘘ついたって仕方ないだろう!?
ハム　そうよ！

マーガレット　だって、じゃどうしてあたしにだけ見えないのよ……。
ミゲール　乞食ではないからです。
ハム　幽霊……⁉
ミゲール　そうなりますか。
マーガレット　悪霊⁉
ミゲール　（マーガレットに）悪霊ではありません！　私はマーガレット様をお救いしに参ったのです。悪霊はひどい。悪霊はひどおございます！（半ベソ）
王様　今、ひどい悪霊だって聞こえなかったか⁉
ハム　え……⁉
マーガレット　やだ！　追い払ってよ！
ミゲール　「ひどい悪霊」ではありません「悪霊はひどい」って言ったんです。もしひどい悪霊だったら言わないでしょう自分からひどい悪霊だなんて。
王様　ほら！　連呼してるよ！
ハム　ほんとだ……悪霊にはまったく見えないのに。
王様　危うく騙されるところだった……。
ミゲール　騙すだなんて、次から次へと勝手な解釈なさらないでください！
マーガレット　昔ウチの執事が言ってたわ、「ロクでもない悪い人間が悪霊になる」って。
ミゲール　それ私が言ったんです。マーガレット様、ミゲールです！　ミゲールです！

ハム　なんか脅し文句を言ってるわ。
ミゲール　はい？
ハム　やっちゃって兄ちゃん。
ミゲール　え⁉
王様　どっか行け早く！　悪霊に用はない！

王様、ミゲールを足かけ技で倒す。[*98]

ミゲール　いたたた……！　歳寄りの幽霊になんてことを……。
マーガレット　死んだ⁉
ミゲール　（反射的に）死んでません！　死んでますけど。
王様　早くどっか行け！
ミゲール　行きませんよ！　行くわけにはいかないんです。（切実に）マーガレット様にどうかこのことだけ伝えてください、お願いします！　お逃げにならないとあの男に殺されてしまいます。その証拠に、これ、（と内ポケットから書類を出し）マーガレット様にかけられた多額の生命保険の証書です。受け取り人はあの男です。ハットン・グリーンハム！
ハム　（証書を）なにそれ。
王様　（読みあげて）「プリン、秘伝のレシピ」。
ミゲール　え？

＊98　「足かけ技」と書いたものの、演出部から「ミゲールの羽根にダメージを与えないようにしてほしい」という泣きが入った。そりゃそうだ。毎ステージ羽根を替えていたら大変なお金がかかる。そこで、仲村トオル君と尾方君とで相談してもらい、本番では抱え技にすることになった。
　ただこの時、テリトリーではないとはいえ、尾方の身を案じるのではなく、羽根へのダメージを心配している演出部が、なんとも可笑しかった。もちろん、演出家が役者に危険な方法はとらないだろうという前提でのことであろうが。

マーガレット　プリン？
ミゲール　しまった間違えてしまいました。（上空を指して）一度戻って出直します。（マーガレットに）どうぞお気をつけくださいませ！

ミゲール、走り去った。

マーガレット　見せて。（とレシピが書かれた書類を見て）
ハム　悪霊がプリン作ってくれって？
マーガレット　これ……
王様　なんだよ。
マーガレット　ロイド家秘伝のレシピだわ……。
ハム　え……？
マーガレット　（見えない相手に）あなたどこから手に入れたのこんなもの⁉
ハム　もういないわよ。
マーガレット　いないいの⁉
王様　悪霊は退散した……。（ハムに、無自覚に）なんの話してたんだっけ？
マーガレット　……。
ハム　（マーガレットに気を遣ってか）忘れちゃったわ。
マーガレット・王様　……。
ハム　今夜どこで寝る？

王様　片づけも終わったし、ウチ戻るか。
ハム　まだ焦げ臭くて眠れないわよ。
王様　じゃどっか探して来いよ。寒いぞ今夜は。
ハム　兄ちゃん行ってきてよ。

王様、いきなり「ジャンケン」と言うので「ポン」で少し遅れてハムが出す。
ハムが勝ったが

王様　（ムキになって）後出しだろう今の！
ハム　兄ちゃんがいきなり言うからでしょ⁉
王様　ジャンケンなんていつだっていきなりだろう！
ハム　（面倒臭くなって）いいよ行ってくるよ。
王様　あたりまえだよ。庇（ひさし）のあるとこな。
ハム　（行きながら）わかってる。

ハム、去って行く。
そこにはマーガレットと王様、二人きりになった。風が出てきている。

9－3　チキンと王様

王様　ったく……。（マーガレットが石段に座り込んでいるので）そこ濡れてるだろう……。

マーガレット　慣れっこよもう……。

王様　火ぃ残ってねえかな……（とキャンプファイヤーで使っていた缶を覗き込み）駄目だ、ビショビショだ……。寒くない？

マーガレット　寒いわよ……。

王様　うん……。

沈黙。

風の音。

マーガレット　王様、あたしね……

王様　なんだい。

マーガレット　その人が昔なにをしてたか、子供の時どんなだったか、自分の婚約者なのに尋ねようともしなかったの……。

王様　……。

マーガレット　あたし……もしかしたら大きな思い違いをしてたのかもしれないわ

ね……。

王様　ああ……多分そうだよ……。

マーガレット　うん……。

王様　世の中には騙す人間と騙される人間がいるんだから仕方ねえよ……。

王様、マーガレットの隣に腰を下ろす。

マーガレット　臭いわ……。

王様　おまえだって充分臭いよ。

マーガレット　水道のハットンのにおいがついちゃったのよ。[*99]

王様　はいはい。おまえ震えてるじゃないか。

マーガレット　寒いんだもの……。

王様、マーガレットの肩を抱く。

王様　……。

マーガレット　……。

王様　疲れてるだろ……少し寝ろよ。

マーガレット　うん……。ねえ……王様は結婚したことあるの……？

王様　あるよ。うんと若い頃な。おまえみたいに婚約者だなんてまどろっこしいこ

＊99　言い訳をするかのように。

とを言ってねえで惚れ合ったらすぐに一緒になった。

マーガレット　乞食のお嬢さんと？

王様　その頃はまだ乞食じゃねえんだよ俺は！

マーガレット　まあ。生まれつき乞食なのかと思ってた。

王様　まあって。違うよバカ。

マーガレット　じゃあ何してたのよ。

王様　テレビ局で働いてた。

マーガレット　**（ものすごく驚いて）**テレビ局⁉

王様　悪いかよ。テレビ局だよ。

マーガレット　悪かないけど……。乞食番組？

王様　なんだ乞食番組って。だからまだ乞食じゃねえんだよ！　ニュース番組。下っ端だよ。なんでもかんでもやらされてた。

マーガレット　へえ……。

王様　撮影終えて他所(よそ)の街から帰って来たら、間男が家にあがり込んで俺のパンツ履いてやがった……。

マーガレット　奥さんもその男の人と一緒にいたのね……？

王様　ああ。「弟が急に熱出して」とかつまらねえ嘘をつきやがって……。

マーガレット　……。

王様　医者呼んでやっちゃったよ、しょうがねえから……。

マーガレット　……王様も騙される側の人間なのね……。

王様　もういいから寝ろ。

マーガレット　寝るから、もうちょっとなんか話しててよ……。

王様　……俺がまだガキの頃、父ちゃんとよく隠れんぼやったんだ……。

マーガレット　へえ……。

王様　メリィの奴はまだ赤ん坊でさ。父ちゃんと二人きりの隠れんぼだよ……。

ハムが戻って来るが、二人の様子に気づくと踵を返し、足音を立てずに去って行く。二人は気づいていない。

王様　俺、ガキの頃からデカかったからさ、すぐに見つかっちまうんだけど、父ちゃんはよく、気づかないふりしてくれたよ……

マーガレット　優しいお父様ね……。

王様　ああ、いい父ちゃんだったよ。この街の腕のいい鍛冶屋で、なんでも作ってくれた……。だけどある頃から、何があったかは知らねえけどさ、借金こしらえて暗ぁい顔をするようになったんだよ……。

マーガレット　まあ……。

王様　それでも父ちゃん、隠れんぼは続けてくれてね……。ある雨の日だよ……あの日はもっともっと寒かった……俺が、父ちゃんの工場(こうば)ででっかい道具箱の中に隠れてると、借金取りがやって来てさ……俺が箱の中からじぃっと息をひそめて父ちゃんを見てたら、父ちゃんは俺にしかわからないように合図を送ってきた……「出てくるな！」って、悲しい顔してさ……。父ちゃんはそれきり消えちまったよ……。

マーガレット、眠っていた。

王様　……。

王様の肩にもたれ、疲れ切って眠るマーガレット。
王様、少しの間、マーガレットを感じるようにじっとしていたが、やがて、自分も目を閉じる。
空には月が輝き、冷たい風が、何かを耐え忍んで呻くかのように吹きすさんでいる——。

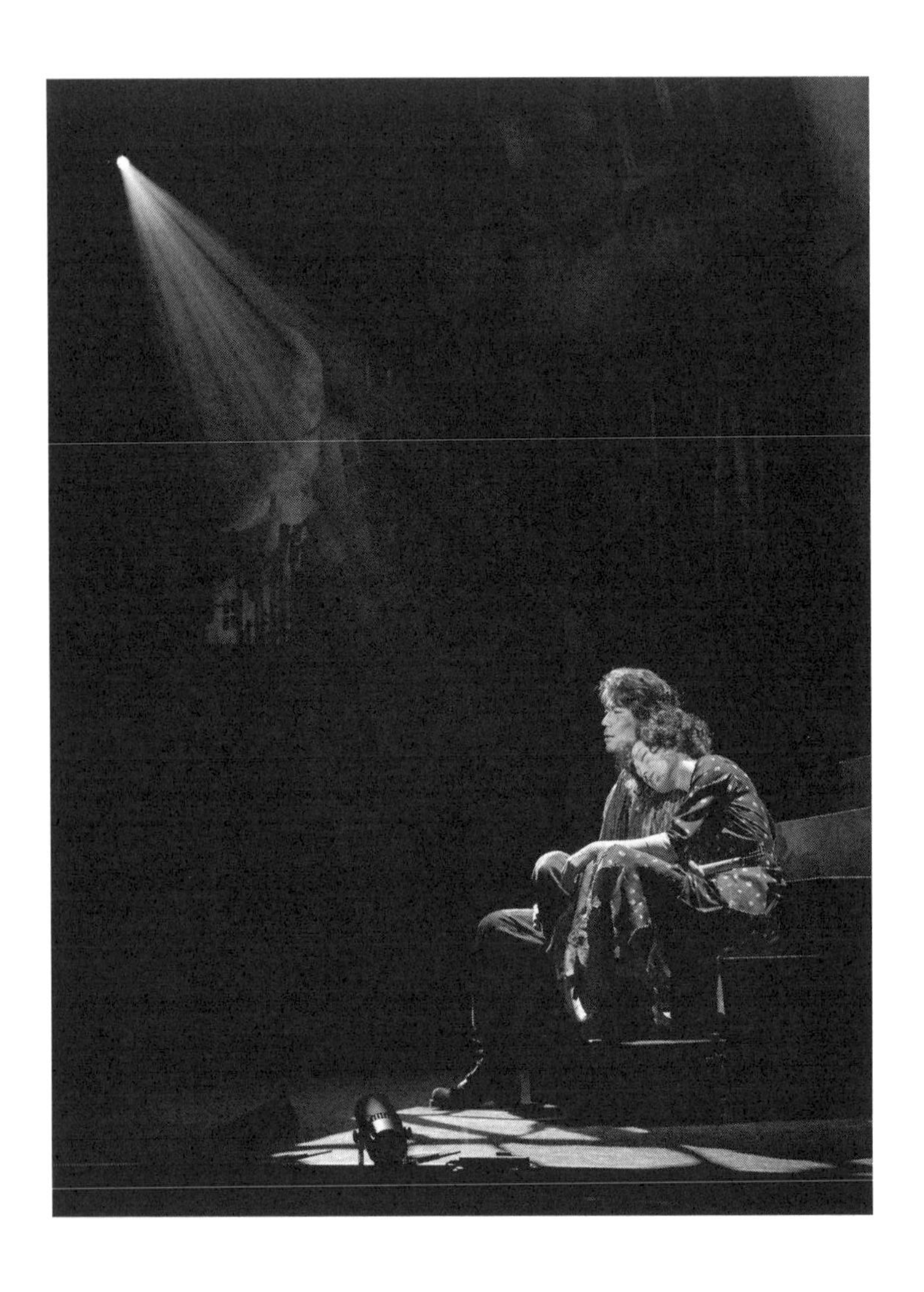

10

10－1　ステージング4

舞台上のどこかに「到着、一ヶ月後。」という字幕が投映される。
日没になればマーガレットとタチアナの間に交わされた賭けは終わる。

行き交う人々の中、けたたましいヘリコプターの音。
上空から、夥しい数の赤いビラが降ってくる。ビラを拾い上げ、見つめる人々。[*100]

10－2　追放

そこは伝道所になる。
午後、遅い時間。
ヤングとスージーがいる。
ヤングは乞食仲間から借りたのか、やや寸法の合わないジャケットを着、スー

＊100　「夥しい数の赤いビラ」はプロジェクション・マッピングと実物を併用した。

ジーは手作りの小さなベールをつけている。
スージーは、ヤングのジャケットの胸ポケットに、白い布で作った花らしきものを飾り終えるところで――

スージー　……こんな感じかしら？　どう？
ヤング　いいんじゃない？
スージー　ほらまたそうやってテキトーに言わないで。
ヤング　わかんねえもん！　スージーがキレイだったら俺なんかいつも通りでいいんじゃねえの？
スージー　バカねえ！　これだから男の人は……。
ヤング　え？
スージー　二人して着飾らなくっちゃ感じが出ないじゃないの。
ヤング　感じ？
スージー　そうよ。せっかくお祝いしてもらうのに。
ヤング　感じ。
スージー　感じよ。（頭のベールに触れ）あたしね、本当の結婚式ではうんと長い、引きずって歩くようなベールをつけるのが夢なの……。
ヤング　うん……だけど引きずったりしたらゴミだらけだぞ、犬のフンとか――
スージー　きれいなところで挙げるのよ！

突如ドアが開いて、血相を変えたサーカスとドクターが、赤いビラを手にして飛び込んで来る。

サーカス　あヤング、見たかいこれ!?
スージー　（その尋常ではない様子に）どうしたんですか……？
ドクター　おまえらには気の毒だけど今日の交際祝福パーティーは中止だ！
サーカス　パーティーどころじゃないよ！
ヤング　なに？　どうしたの。
サーカス　御覧よ！（と怒りにうち震えながらビラを渡す）
ヤング　（受け取って、スージーと共に目を落とす）
ドクター　それ、その顔、チキンだろ!?
ヤング　（「！」となってサーカスとドクターを見る）……。
スージー　（ビラを見ながら）立ち退き通告……!?　どういうことなんですか!?
サーカス　あんたのみた夢の通りだよスージー。あの女、この街を壊しに来たんだ！
ヤング　チキンが……!?
サーカス　チキンだろどう見たって！
ドクター　とぼけた顔で仲間ヅラして、取り壊しの為の視察に来てやがったんだよ！
ヤング　ずっと騙してたってことかよ俺たちを……！

スージー　チキンさんが……⁉
ドクター　もうチキンじゃねえ！
サーカス　（ビラを見て）「ロイド社社主マーガレット・ロイド」って書いてあるよ……。

三人の乞食が、同じくビラを手にドアから雪崩れ込んで来る。

乞食F　おい見たかいこのビラ！　これあの女だろ⁉
サーカス　あの女だよ！
乞食G　なんなんだよこれ、いきなり街を出てけって――
サーカス　出てけもなにも、もう壊し始めてるんだよ。街はずれじゃ赤鼻んとこも歌うたいのじいさんとこも、こぉんな機械がやって来て寝てるところをあっという間に……！
乞食G　この伝道所も閉鎖されるってよ！
スージー　（ひどく驚いて）え……⁉
乞食F　俺たちに死ねって言うのか！
ドクター　ちくしょう！
ヤング　（今来た三人に）スージーが夢にみたんだよ……！
乞食たち　え……！
スージー　マーガレットさんが何もかも壊すのよ！

沈黙。

ドアが開いて、笑顔でマーガレット（花束を手にしている）、王様、ハムが現れる。

三人の表情、場の空気を察して一気に曇る。

皆　（マーガレットを睨むように見つめて）……。

王様　なんだよみんな……どうしたんだよ化け物見るような顔して。

ドクター　化け物だよその女は……！

王様　え……？

サーカス　どうしてあんたらだけビラ持ってないんだろうね……。

ドクター　ビラを撒く方だからさ……。

ハム　なによビラって……。

三人に無言で二枚のビラが差し出される。ビラに目を落とす三人。

さらなる沈黙。

王様とハムがマーガレットを見る。

マーガレット　……。

スージー　だから言ったでしょ……。

ヤング　そうだよ、だから言っただろ、そんな奴早く街から追い出した方がいいって……！

王様　（マーガレットに）なんなんだこれは……

サーカス　王様も知らばっくれるんじゃないよ……あんたたちもその女と手を組んでたんじゃないのかい、金をたんまりもらって。

ハム　バカ言わないで！

マーガレット　この人たちは関係ありません！　たしかに私はロイド社の人間です。

皆　！

マーガレット　……ベイジルタウンの再開発を考えてこの街にやって来ました。それはおっしゃる通りです……。

短い間。

ドクター　言ったぞ……白状しやがった……！

乞食G　俺たちからベイジルタウンを取り上げるつもりだったんだこの女は！

マーガレット　だけど今はそんなこと考えていないんです。あなたたちからこの街を取り上げるだなんて、そんなこと！　今日、日没になれば会社に戻れるんです！　すぐにかけ合ってやめさせます！

ドクター　もう騙されねえぞ。仲間んとこがどんどん壊されてるんだ！

サーカス　そうだよ！
マーガレット　信じてください！
サーカス　（強く）あんたなんか信じられるかい！
マーガレット　……。
サーカス　腹ん中じゃあたしたちのことをあざ笑ってるんだろ……。
マーガレット　そんなことありません……！

短い間。

マーガレット　（ヤングとスージーに）あなたたちの大切な日を台無しにしてしまってごめんなさい……（と、受け取ってもらえないだろう花束をテーブルに置く）

ヤング、花束を乱暴に床に叩きつける。

マーガレット　！
ヤング　出てけよ！
マーガレット　……。
スージー　（泣き始める）
ヤング　スージー……。
ドクター　（泣き始める）

＊101（＊88同様）この章は再び、コメディらしからぬ、シリアスなトーンで貫かれる前提で書かれ、実際シリアスなトーンで演じられた。脚本展開上「どん底（ロー・ポイント）」と呼ばれるパートである。とくに本作のよ

サーカス　あんたまで泣くこたないだろう……。[*101]

ハム　出て行きなよ……。

マーガレット　ハム……王様……信じてよ……！

王様　（マーガレットをじっと見つめて）……信じられると思うか。

マーガレット　……。

ハム　出て行きなさい！

王様　（ビラを片手でクシャクシャと丸めながら）俺たちを騙しやがって……！

マーガレット　違う！　騙してなんか――

王様　（深く傷ついて、強く）あんたには帰るところがあるんだろ！　この街を出て行け！

マーガレット　！

ハム　出て行きなよ！

人々の「出てけ！」「早く出て行け！」という怒号。（全員の声にエコーがかかってゆく）

マーガレット　……！

マーガレット、ドアを開けて出て行く。[*102]

うに、ハッピーエンドで終わるコメディにとって、このパートをいかに効果的に描くかは大変重要になる。もちろん、そんな定石に縛られない傑作はいくらだってあるけれど、古き良き時代の喜劇映画を指標とした『ベイジルタウンの女神』が、わざわざそこをはみ出す必要はない。

そんなポイントにおいても、この程度のくすぐりならあってもよいだろうという判断で、このドクターとサーカスのやりとりを入れた。

＊102　ドアが閉まった瞬間に皆の怒号（ディレイ・エコーのみになっている）がフッと途切れ、一間（ひとま）おいて音楽がカット・インする。音楽にのって転換が行われ、十数秒後にはそこはロイド家の庭になっているというわけです。

11

11－1　喪失

日が暮れた。

ロイド家の広い庭。大きな屋敷がそびえ立っている。[*103]

立っているのもやっとの様子でマーガレットがやって来る。

庭にある白いベンチを愛でるように撫でると、顔をあげ、一ヶ月振りに帰ったわが家を見つめる。

ミゲールの幽霊が姿を現す。

ミゲール　マーガレット様……せっかくこうして幽霊になってまで戻って参ったというのになんのお力にもなれず、ビックリするぐらいなんのお力にもなれず、歯痒いばかりです……。

マーガレット、玄関のドアに向かってゆっくりと歩き出す。

＊103　「大きな屋敷がそびえ立っている」といっても、それまでもずっとあった、階上に並ぶ巨大なパネル群を「屋敷」に見立てているだけである。マーガレットが階段を上り、玄関のチャイムを押すと、パネルについたドアを開けてメイドが現れる。見立ての芝居の成否は、「それらしさ」を視覚的に工夫することでも左右されるが、なにより、演者が、ひいては演出家が、どこまで鮮明に、強くイメージできているか――この場合は「そこは庭であり、目の前には巨大な屋敷（わが家）がそびえ立っている」と信じ込むことができているか――にかかっていると思う。映像における演技にはまったく必要のない、舞台ならではのむつかしさであり、面白さである。

ミゲール　しかしながら一ト月もの間よくお耐えになりました……さすがマーガレット・ロイド様です……私めには賭けの意義などよくわかりませんが、あなた様はお勝ちになられた……今夜は久し振りのわが家でぐっすりお休みになってくださいませ……。

マーガレット、玄関のベルを鳴らす。
答えはない。
マーガレット、再びベルを鳴らす。
メイドがドアを開ける。

マーガレット　帰ったわグリス。お風呂の用意をして。
メイド　申し訳ございませんが、お屋敷にお入り頂くことはできません……。
マーガレット　なにを言ってるの……？　ひどく疲れてるのよ！
メイド　私はもうロイド家のメイドではございません。
マーガレット　え……。

家の中から「どなた？」という男の声がしてナイトガウンを着た男がドア口に姿を現す。

妻の声　（迷惑そうに）なんなの？

夫　乞食だ。物乞いに来たんだろう。

マーガレット　ここは私の家です。

夫　ここは私たちの家だよ。（**妻に**）2、3チフリー恵んであげなさい。

マーガレット　私の家なんです……！

妻　（**来て、金を差し出し**）ほら。さっさと出て行って。（**顔を歪めて**）臭い。

マーガレット　いりません……！

夫　じゃ何しに来たんだ。行かないと警察を呼ぶよ。

妻　臭いわよ！　早く出てって！

ドアが乱暴に閉められた。

マーガレット　……。

ミゲール　なんということでしょう……あの男の仕業です。私が生きていればこのようなマネは決してさせませんでしたのに……マーガレット様、申し訳ございません！

ハットンの声がする。

ハットンの声　マーガレット。

マーガレット　（**振り向いて**）!?

ハットンが姿を現す。

ハットン　（微笑んで）おかえり……。

マーガレット　ハットン……！（とハットンに近づき、彼の腕に手を添えて）ハットン、よかった！　あたし何が起きたのかわからなくて……悪い夢をみてるみたいよ……（ハットンの顔を見据えて）ハットン、あなたのことまで疑ってしまうところだった……。

ハットン　ありがとうマーガレット、信じてくれて。でも僕の方は待ちきれなくてね。婚約は破棄させてもらったよ。（とマーガレットの手を払う）

マーガレット　どうしちゃったの……!?

ハットン　そんななりでうろつかない方がいい。この家は売りに出されたんだ。もう君の家ではないよ。ロイド社も昨日づけで君のものではなくなった。

マーガレット　え……。

ハットン　（汚いものを見るような眼差しでマーガレットを見て）君が勝ったつもりになっている賭けだけどね、ソニック社の方から白紙にされたよ。僕としては少し小さな規模にはなったけど、第八地区と第九地区で開発を進めることにしたから……じゃ。（と歩き出し、立ち止まって）あ、それから執事のミゲールだけど、あの男車にはねられて死んだよ。

マーガレット　！

ハットン　君とは長いんだろ。一応伝えたよ。

　ハットン、そう言うと去って行く。

　静寂。

マーガレット　ミゲール……。

ミゲール　（離れた場所のままで）はい……。

マーガレット　（みるみる涙が溢れてきて）ミゲール！　ミゲールミゲール！　ミゲールが死んじゃったぁ*104！

ミゲール　すみません！

　泣くマーガレットと謝るミゲール、しばしあって——

マーガレット　（ミゲールを認識して）ミゲール*105……⁉

ミゲール　（驚いて）見えるのですか……⁉

マーガレット　見えるわよ！

ミゲール　え、聞こえるのですかちゃんと！

マーガレット　聞こえるわよ！

ミゲール　そうですか、私のことがおわかりに……！　立派な乞食におなりになったからです……！

---

*104　フィアンセに裏切られたことも、会社や家が売られてしまったこともショックだろうが、この時のマーガレットにとってなによりも大きな悲しみはミゲールの死なのである。流す涙も、ミゲールのことだけを思ってのものなのだ。

*105　活字で読むとそうは感じられないかもしれぬが、この瞬間が「どん底（ロー・ポイント）」解除の合図と言ってよい。短い時間に、マーガレットは落ちるだけ落ちた。今の彼女にはもう何もない。ミゲールはこの後、マーガレットに自分が見えるようになったのは「立派な乞食におなりになったから」だとミもフタもない言い方をするが、もっと別の、似て否なる、精神的な要因がそうさせたのではないか。
　それはともかく、あとはもう、マーガレット及び乞

マーガレット　……。ちょっと待って、鼻かむわ。[*106]

鼻をかみ終わったマーガレット、視線の先に誰かを見つける。

タチアナ　（姿、見えて）マーガレット様……。

マーガレット　ニンジン……。

転換。

11―2　苺ジャムの夜

そこは公園になった。

3―3でマーガレットがドクターと出会った、あの公園。ゴミ箱とベンチがある。

夜も更けた時刻。

マーガレットとタチアナがベンチに並んで腰をおろしている。ミゲールの姿はない。

タチアナ　……どうか元気をお出しになってください。人生いろんな時がありますよ

食連中には、上るだけ上りつめてもらえばよいわけだ。このあとを書くのは（それなりに苦しみながらも）楽しい作業だった。

＊106　号泣すると、どうしても鼻水が出てしまうもので、鼻をかまずに続行すると、直後の公園のシーンでいつまでも不必要にグスグスいってしまう。そこで稽古の最終盤、この台詞を足して、鼻をかめるようにした。

よ……。

マーガレット　そうよね……。

タチアナ　そうですよ。しつこいようですけど今夜一晩だけでもウチにお泊まりになっては……

マーガレット　いいってば。ありがとう。今夜はひとりでゆっくりと考えたいの。

タチアナ　ですけど……明日は？

マーガレット　わからないわそんなこと……。ねえニンジン。

タチアナ　はい。

マーガレット　あたしね、ニンジンが今度の賭けに誘ってくれたこと、本当によかったと思っているの。感謝しているわ。ありがとうニンジン。

タチアナ　（胸中の複雑さが顔に出て）いえ……。

マーガレット　（苦笑しながら）そんな顔しないでよ。

タチアナ　（も苦笑して）どんな顔してました？

マーガレット　（マーガレットなりに再現して）こんな顔してたわよ。

タチアナ　（小さく苦笑して）……私、小さい頃母さんにこっぴどく叱られると、よくこの公園に来てひとりで泣いていたんです……私がまだマーガレット様のところにあがる前のことですけど……。

マーガレット　ねえどうして様をつけるの？（とゴミ箱の近くへ）

タチアナ　いえ、私のことを、ニンジンと呼んでくださったので……なんとなく。

マーガレット　そう……。

マーガレット、ゴミ箱を漁っている。

タチアナ　……。

マーガレット　……。

タチアナ　（さすがに聞かずにはおれず）何をなさってるのですか？

マーガレット　いえ別に。

タチアナ　はあ……。

マーガレット　漁ってたわけじゃないわよ。

タチアナ　ええ、それは……お腹がすいてらっしゃるのならウチで食事だけでも

―

マーガレット　ありがとう。気持ちは本当に嬉しいわ。嬉しいけど……（と虫をつかまえてじっと見る）

タチアナ　（ので）虫ですか？

マーガレット　（捨てて）食べようと思ってたわけじゃないわよ。

タチアナ　もちろんわかってます……。

遠くから、ミゲールが発声練習をしている声が聞こえる。

マーガレット　ねえニンジン。

タチアナ　なんですか？

マーガレット　今度苺ジャムをごちそうしてくれない？

タチアナ　苺ジャムですか……？

マーガレット　ええ……クリスマスの夜……苺ジャム……。

タチアナ　私、本当に嬉しかったんです。本当に嬉しかったんですよ。憶えてらっしゃらないでしょうけど、それはもういいんです。

マーガレット　あなたがうちに来た年のクリスマスね、もう10歳なんだからって、神父様にお祈りの言葉を沢山覚えるように言われたの。ちっとも楽しくなかったわ……。

タチアナ　お金持ちのお嬢様も大変なんですね……。

マーガレット　そうよ……それで眠れなくなっちゃってひとりで食堂に行ったら、ニンジンが床にしゃがみ込んで、ジャムの瓶にスプーン突っ込んでカチャカチャカチャカチャ、夢中で食べてたわ……。

短い間。[*107]

タチアナ　憶えてらっしゃるんですか……!?

マーガレット　すっかり思い出したのよ。（笑って）……あの時のあなたの顔。

タチアナ　はい？

マーガレット　あなたったらベソかいて（**半ベソのタチアナをマネして**）「お嬢様！

＊107　上演ではこのあたりから静かに音楽が流れ始める。オルガンの独奏による讃美歌風の曲。

どうか言いつけないでくださぁい！　叱られますぅわたしおん出されますぅ！」って。

タチアナ　（嬉しそうに）あの時は本当にびっくりしました。

マーガレット　あたしの方がびっくりしたわよ。口のまわりジャムだらけの女の子が真っ暗な中にしゃがんでるんだもの。びっくりしてたでしょあたし。

タチアナ　はい、絶対追い出されると思いました……でもマーガレット様は……あなたは私の横にしゃがみ込んで、「ニンジン、あたしにもちょうだい」って……。

マーガレット　うん……一度あんな風に食べてみたかったの……。

タチアナ　あの夜もそうおっしゃってました……「スプーンでほおばって食べるのも、床にしゃがんで食べるのも初めてよ」って……。

マーガレット　うん……！　おいしかったわね……。

タチアナ　おいしかったですね……。

マーガレット　なに、また泣いてるの……⁉

タチアナ　すいません……。

マーガレット　（笑いながら）あの時もあなた泣きながら「お嬢様、ジャ、ジャ、ジャムが、どうしても苺んジャムが食べたかったんですぅ」って。

タチアナ　（笑い泣きで）やめてくださいよ！　マーガレット様だってきれぇいにたいらげたじゃないですかぁ！

マーガレット　ニンジンがほとんど食べちゃってたからよ！

タチアナ　すみません。ジャムは、噛まなくて済むから！

マーガレット　ねえニンジン、あの後痒くなったでしょ、口のまわりジャムだらけで。

タチアナ　なりました！

マーガレット　バカねニンジン！

二人、心から楽しそうに笑い合う。

タチアナ　その後のことも憶えてますか？　お嬢様がちっちゃな声で「ニンジン、あなた他にもやってみたいことないの？」って。だからあたしは

マーガレット　あなたがね、小さい声でね（**マネをして**）「えーと、えーとえーと、大奥様の揺り椅子にいっぺんでいいから座ってみたいと思っております！」って。

タチアナ　（**むしろ憶えてくれていたことに感動して**）はい……！　お嬢様はあたしの手を引いて、居間にあった大奥様の、大きなロッキング・チェアに座らせてくださって、後ろからこうやって、揺らしてくださいました……！

マーガレット　ええ……「動きますぅ！」って、そりゃ動くわよロッキング・チェアだもの。

タチアナ　車に乗ってるみたいだったんですよ！

マーガレット　ええ……空飛ぶ車みたいよね……。

タチアナ　空飛ぶ車みたい。
マーガレット　（思い出を愛おしむように）あたしも楽しかったのよ……それまでで一番楽しいクリスマスだったの……。
タチアナ　ええ、そう言ってくださいました……それで「あたしたち親友ね」って。
マーガレット　本当にそう思ったのよ。本当よ。
タチアナ　はい……。

短い沈黙。

マーガレット　……ごめんなさいね、忘れちゃってて。
タチアナ　（大きく）いいんですよ全然！
マーガレット　忘れたい事と忘れちゃう事って違うのよね。*108
タチアナ　（大きく）そりゃそうですよ！　ごめんなさい。
マーガレット　ごめんなさい。
タチアナ　ごめんなさい。でも、やっぱり嬉しいものですね、思い出して頂けると。（マーガレットの後方に何かを発見し、表情変わる）
マーガレット　そうね。思い出って一緒に――（タチアナの様子に気づいて）どうしたの？
タチアナ　誰か見てます……。
マーガレット　（振り返ろうとする）

＊108　ホント、そうですよね。

タチアナ　（制して）見ない方が！　こっちを睨んでます……！
マーガレット　（振り返らぬまま）やだ……！
タチアナ　こっちに来ます……！
マーガレット　どんな人⁉
タチアナ　なんかすごいこわい顔をした大きな男です……！

神妙な表情をした王様がゆっくりと姿を現し、ベンチに近づいて来る。

王様　チキン……
マーガレット　⁉
タチアナ　チキンって言ってます……！
王様　……大変だったな……
タチアナ　「大変だったな」って言ってます……！
マーガレット　（かぶせて）ニンジン聞こえてる。
タチアナ　あ、はい。

マーガレットは、しかし王様を振り向きはしない。

王様　悪かった……俺をぶん殴ってくれ。
マーガレット　ニンジンちょっとはずしてくれる？

タチアナ　あ、はい。何か食べ物買って来ます。失礼致します。

　　　タチアナ、そそくさと去る。

11－3　和解して告白して団結[*109]

　　　二人きりになったマーガレットと王様。

王様　（何を言うかと思えば）ニンジンていうのあの人。
マーガレット　そう。ニンジン。
王様　お友達？
マーガレット　親友よ。
王様　へえ……。
マーガレット　……。
王様　悪かった……。よくよく考えてみれば、おまえは出会った時から嘘なんかこれっぽっちもついてなかったんだよ。なのに俺たちが信じてやんねえから
マーガレット　いいわよもう……
王様　よくねえよ。ぶん殴ってくれ！
マーガレット　（ついに振り向いて）ぶん殴らないわよ！　なんでもぶん殴られて済

＊109　もうちょっと気の利いた章タイトルはなかったのかと言いたくもなるが、「一気にいくぞ」という息込みを、現場のスタッフとキャストに伝えたかったのだと思う。この後はもうダラダラした時間は必要ないのだという意思表示である。

まそうと思ったら大間違いよ。

王様　（体ごとそむけて）じゃあどうすりゃいいんだよ俺は……！

マーガレット　王様が来てくれただけで充分よ……。

王様　（その言葉を背中に受けて）……。

マーガレット　ありがとう……。

王様　（そむけたまま）好きだ。俺はどうやらおまえに惚れてる。メリィにも言われたから間違いねえ。

マーガレット　……。

王様　ヤングを見習わなきゃと思ってさ。好きな相手にはちゃんと好きって言わなきゃ伝わらねえんだよ……！

マーガレット　だったらこっち向きなさいよ。

王様　はい。（ようやくマーガレットに向き直るが、直視できず）というわけで、そういうことだから。

マーガレット　ヤングは面と向かって言ったわよ……！

王様　（マーガレットの目を見て）というわけで、そういうことだから。

マーガレット　（堪えきれず笑ってしまう）

王様　なんだよ。笑ってないでなんとか言えよ！

マーガレット　（大笑いしながら）あたしも好きよ……！[*110]

王様　（嬉しいのだが）笑いながら言うことじゃねえだろう失礼な……！　好きなの？　おまえも俺のことが。

---

*110　こういう芝居はテクニックが伴わないと、なかなか気持ちだけではできない。もう随分と昔のことであるが、それなりにキャリアを積んだ某俳優さんに大笑いする芝居を演出したことがある。「もっと、本当に笑いが止まらないかのようにやってください」と注文したら、「だってこの状況、そんなに可笑しくないから笑えないよ」ってなことを言われて仰天した。「それをやるのが役者でしょう、ばか」と返したかったが、できないものはできないだろうから演出を変更し、二度と一緒に仕事をしないことで自分を納得させた。今、その俳優に「緒川たまきを見習え」と言いたい。

マーガレット　（笑っている）

王様　好きなんだな!?

　マーガレット、笑いをスッとおさめると、王様に身体をあずけるようにもたれる。

王様　……。

　王様、マーガレットを抱きしめる。

王様　うん……！　うん……！

マーガレット　ねえ……

王様　はい……！

マーガレット　みんなはあたしのこと、まだ怒ってるのよね……？

王様　そのことだったら心配ねえよ。スパイが全部調べ上げてくれた。

マーガレット　スパイ……？

王様　乞食仲間だよ。黒幕は全部ネズミ殺しのモイだ。みんなであいつをとっちめてやろうって大盛り上がりだよ！

　ミゲールが来て、抱き合っている二人を発見する。

ミゲール　あ失礼致しました。
マーガレット　いいわよミゲール。
ミゲール　は。（後方に）よろしいそうです。

ゾロゾロと、ハム、ドクター、サーカス、ヤング、スージーが、そして知らない背広の男がやって来る。

王様　なんだみんなして。
ミゲール　向こうで発声練習を致しておりましたらバッタリお会いして、すっかり仲良くなってしまいました。
マーガレット　ええ⁉
王様　（マーガレットに）執事の幽霊なんだって？
ミゲール　ええ、けして悪霊ではございません。っていうのは聞こえてますか。
王様　聞こえてるよ。
ミゲール　（嬉しそうにマーガレットに）だいぶうまく喋れるようになったみたいで。
マーガレット　よかったわね。
ミゲール　はい！
ハム　（皆に）せーの
皆　（バラバラに、マーガレットに向かって謝罪する。ドクターだけ長い）
マーガレット　（のでドクターの言葉を遮る形で）いいのよもう。

サーカス (まだ何か言おうとするドクターに) ドクター長いよ。
スージー ごめんなさいチキンさん、あたしがヘンな夢をみちゃったばっかりに。[*111]
ヤング スージーは悪くないよ。[*112]
マーガレット そうよ。
ドクター 全部モイの野郎の仕業だよ！
ハム そうよ！ やっちゃおう。
マーガレット ちょっと待って。やっちゃおうってどうするの？
サーカス ちょっと待って。その前に、この人誰だい？

皆、サーカスが指した背広の男を見る。

マーガレット あたしもさっきから誰なんだろうと思ってて。
背広の男 そうなんです……。
ドクター・サーカス そうなんですってなんだよ（なによ）。
背広の男 (鞄から書類を出して提示し) いや、市役所からこの書類を届けに来たんですけどね、なりゆきで混じってしまって。
ヤング 混じるなよなりゆきで。
ハム 今一緒に謝ってたよね。
背広の男 そうなんです。
ドクター・サーカス そうなんですってなんだよ（なによ）！

＊111 と言いながらマーガレットに駆け寄るスージー。
＊112 と言いながらスージーに駆け寄り、彼女の肩を抱くヤング。

王様　役所？
背広の男　マスト・キーロックさんに、土地の権利書を。
ハム　権利書？
背広の男　ええ、ベイジルタウン第十地区の。お父上から息子さんの名義で権利書の作成を依頼されていたのですが、40年もかかってしまいまして……
マーガレット　どうしてそんなにかかったの⁉
背広の男　そうなんです……。
全員　（言い終える前に）そうなんですってなんだよ（なによ）‼
王様　父ちゃんが……⁉
背広の男　失礼します。
ハム　ちょ、どうして兄ちゃんがここにいるってわかったのよ。
全員　（背広の男が言う前に）だからそうなんですってなんだよ（なによ）‼

背広の男、行ってしまった。*113
やや、間があって――

ドクター　（ハタと）なんだっけ……、全部モイの野郎の仕業だよ！
ハム　そうよ！　やっちゃおう。
マーガレット　ちょっと待って。やっちゃおうってどうするの？
ハム　（皆に）どうしよう。

＊113　「背広の男」の不可怪さは、戯曲上、少し浮いているかもしれない。「なりゆきで混じった」と言われても釈然としないし、書類ひとつの作成にどうして40年もかかってしまったのかもわからない。王様がここにいることがなぜわかったのかも。マーガレットとハムが男に向かって発するこれらの問いかけは、そのまま観客に生じる疑問でもあり、本来ならば戯曲上で作家が辻褄を合わせなければならぬ問題である。それらすべてを「そうなんです」の一言でかわしてしまう背広の男の逃げは、とりもなおさず作者である私の逃げでもあるのだ。
　否、誤解しないで頂きたい。私は反省しているわけでもなければ卑下しているわけでもない。こうしたやり方ではぐらかすような舞台を、もし私が観客席で目

マーガレット　なにわからないで言ってたの⁉
ハム　言うのよわからなくても！
サーカス　それを今から相談するのさ！
ヤング　そうだよ！

不意に紙飛行機が飛んでくる。

スージー　紙飛行機……！
ドクター　あ。スパイからの通信だ！（と拾い上げ、折られた紙を広げて見る）
マーガレット　え。
ドクター　（丸めて）ただの紙飛行機だった！

再び紙飛行機が飛んでくる。

ヤング　あ、また紙飛行機……！
ドクター　ただの紙飛行機だろ。
サーカス　（拾って広げ、見て）スパイからの通信だよ……！
ドクター　なんだよスパイ！
王様　なんだって⁉
マーガレット　（通信の紙を読みながら）明日ベイジルタウンで演説するらしいわ

撃したら絶賛するに違いない。「背広の男」の衣裳は「カフカの小説の登場人物のように」と発注した。その時点ですでに「浮いてほしい」と願っていたことがわかる。逃げがある種の効果をもたらすこともある。逃げ方が肝腎なのだ。

……。

ドクター　モイが⁉

マーガレット　テレビとラジオで放送されるって。

ハム　やっちゃおう……。

皆、ハムを見る。

マーガレット　やっちゃいましょう……。

皆、マーガレットを見る。

ミゲール　やってしまいましょう……！（皆、見る）

タチアナ　（アメリカンドッグ２本を手に姿を現し）やっちゃいましょう‼（皆、見る）

コブ　（その隣に現れて）やってしまいましょう。（皆、見る）

風景、瞬時に消える。

12

12－1　反撃

翌日午後。ベイジルタウンの広場。
ハンドマイクを手にしたチャックがやって来て聴衆に語りかける。[*114]

チャック　ベイジルタウンの皆様、ごきげんいかがでございましょうか。好天に恵まれました空の下、本日は、目下この街の素晴らしい再開発事業を進めております、ロイド社改め、グリーンハム社代表取締役社長、ハットン・グリーンハム氏が皆様にご挨拶させて頂きに参りました。

階段の上に設置された演台に立つハットンが（演台ごと）運ばれてくる。

チャック　グリーンハム氏は衛生的な街づくりのための乞食の撲滅、犯罪を一掃するための乞食の撲滅、そして乞食の撲滅のための乞食の撲滅をスローガンに、次期、市長選挙にも出馬を表明せんと意欲満々でございます。それではグリー

＊114　役者の数が足りなかったということもあり、上演では群衆役の役者はとくに置かず、チャックは観客に向けて語りかけた。

ンハム社長、お願い致します。（ハットンに正面を示して）テレビカメラあちらです。

それまでチャックの前説にうなずいたりしていたハットン、堂々たる面持ちでマイクに向かって演説を始める。と思いきや――

ハットン　……耳か。耳のところが。

チャック　耳？

ハットン　上水道中水道下水道簡易水道工業用水道。

チャック　社長⁉

ハットン　水道。

ハットンは兄の（水道の）ハットンだった（以下、役名を〝水道のハットン〟と表記）。チャック、（水道の）ハットンの気でも違ったのかとうろたえるが、聴衆に囲まれ、テレビカメラも入っているので制止することもできない。

チャック　（なんとか取り繕おうと）お聴きの通り、グリーンハム氏はこの街の水道の整備を充実させたいと

水道のハットン　（遮って）まずはモヘンジョダロ。モヘンジョダロにはいくつもの井戸が深く深く、あるいは、耳のところが。（大きく）でもねぇ、知らない

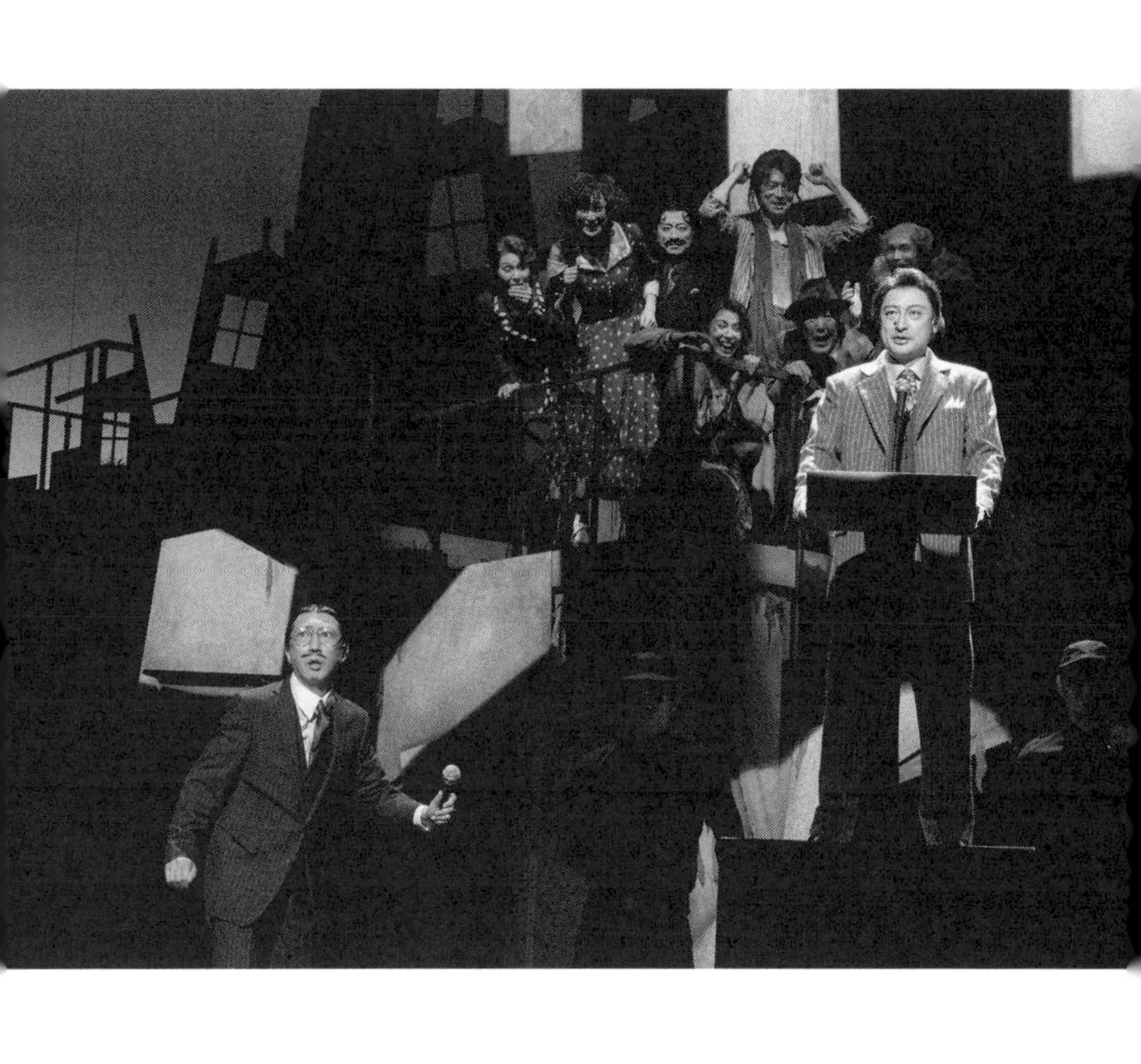

人のお鬚がねぇ。水道。

「おー！」という歓声と共に、マーガレット、王様、ハム、ドクター、サーカス、タチアナ、コブ、ミゲール（の幽霊）の8名が、少し離れた高台の上に姿を現し、[*115] 水道のハットンにエールを贈る。

水道のハットン （演台ごと8名の方へ移動しながら）とは言ってもねぇ、「おへソのようにはいきませんよぉ！」ってね。水道。耳か、耳のところが。（皆に）そうそうそうそう。

8名が歓声をあげたり手を振ったりするので、水道のハットン、大はしゃぎ。はしゃぎながら続ける。

水道のハットン こわいですよぉ民間の給水サービスは。冷水、温水、熱湯、もう目も当てられませんねえ。はいはいはいはい、そうですそうです。真水はね、真水ばかりは。「なんなんですかそれは！」ってね。だってさ、かなりの部分がさ、生活用水はさ。うんそうそうそうそうそうそうそうそうそう。

水道のハットン、演台ごと引っ込んでゆく。
チャックも水道のハットンを追うように去った。

＊115　上演では、ここに書かれたタイミングより早く、彼らは高台に姿を見せる。演台に乗った水道のハットンが登場するのとほぼ同時である。ただ、この時観客はまだハットンが水道のハットンであることを知らないため、彼らがあまり嬉しそうな様子でやって来てしまっては先バレしてしまう。なので8人はむしろ神妙な面持ちで、あたかもハットンがどんなスピーチをするのか、緊張しながら偵察に来たかのように現れた。実は作戦が予定通りうまくいくかどうかを窺っているのだけれど。

風景、瞬く間に変わって、そこは同じ時刻、近くの別の場所。講演会のために設えられた控え室の中と思われる。
ドアの奥から激しくノックする音と共にハットンの声。相変わらず「ハットン」と表記するが言うまでもなく、水道のハットンの弟、実名モイの声である。
ヤングとスージーがいる。

ハットンの声　おいいい加減開けろ……。開けるんだ鍵を……！　こんなことしておまえら、どうなるかわかってるんだろうな……！　演説しに行かなきゃいけないんだよ俺は！

ヤングとスージー　（無視）

ハットンの声　開けてくれたらおまえらだけ見逃すように口きいてやるから、な。

ヤング　（スージーに苦笑してからドアに向かって）うるせえなぁ、信じるかよそんなこと。開けるなって言われてるんだよ。開けたらあんた面倒臭いでしょ！

ハットンの声　面倒臭くなんかないよ。ヤングって言ったっけ？　憶えてるよおまえのこと。

ヤング　（少し気になるが無視してスージーとイチャつく）

ハットンの声　土手でよく野良犬に餌やってたろ。優しい少年だなぁと思ったからよく憶えてるんだよ。

ヤング　俺も憶えてるよ。ガキの頃三回殴られた。

ハットンの声　俺じゃねえよそれ、兄貴だよ。

ヤング　あんただよモイ！　ハットンはそんなことしねえ！　イチャイチャしたいんだから邪魔しねえでくれ！

ハットンの声　騙されてるんだよおまえは兄貴に。

スージー　（一喝して）[*116]うるさいよ！　イチャイチャしたいって言ってんのが聞こえないの⁉　いい加減黙らないと承知しないよ！

ヤング　（面喰らって）……

王様、ハム、サーカス、ドクターが笑顔でやって来る。
ドクターはサーカスからもらった例のラジオを手にしている。

ヤング　おかえり。

スージー　おかえりなさい。

王様　開けてやれ。

ヤング、鍵を開けてやる。
ドアが開き、中から腕を縛られたハットンが転がり出てくる。[*117]傷だらけでシャツも着くずれた状態。

ハットン　早くほどけこれ……！

ドクター　（笑顔で）いいから聞けよ。

＊116　スージー役の吉岡里帆には台詞頭でドアを蹴飛ばしてもらった。

＊117　上演では「転がり出て」はこない。普通に歩いて出てくる。

ドクター、ラジオをつける。水道のハットンの演説が聞こえてくる。

水道のハットンの声　（ラジオから）耳か。耳のところが。

ハットン　！

水道のハットンの声　これまで人間は、ぬるま湯ほどぬるいお湯を飲んだことがありません。こうして水道は、川や湖や川から取り入れた水を、耳のところが。だけどさ、だけどねぇ、水道。お誕生日は水をきれいにしてくれるの？　お髭を洗うのだって水でしょ!?　どうするの！　ってね。

ハットン　……。

サーカス　あんたなんかの演説よりずっといいよ、水道のことがよぉく理解できて。[118]

ドクター　理解できるかい？

サーカス　（かぶせて）理解はできないけど。

ハットン　おまえら自分たちのやってることがわかってるのか……後先考えずにこんなこと。

ハム　後先考えてるからやってるのよ。

ハットン　（あからさまに態度を変え、ハムに向かって）メリィ。きれいになったなおまえ……。

ハム　……。

＊118　書くまでもないが、実際には水道のハットンの台詞（演説）の中、サーカスはすでに喋り始めている。具体的には「これまで人間は、ぬるま湯ほどぬるいお湯を飲んだことがありません」の言いきりをきっかけにした。この台詞は大変面白いので、かぶせてしまうのはもったいない。

ハットン　二人で話そう。おまえからよく言って説明して誤解をといておくれよ。な、メリィ。

ハム　やめとくれ、吐き気がするよ。まだ二枚目のつもりでいるんだよこの男。*119

ハットン　（自分の知るハムとの違いに内心ギョッとするが）随分とたくましくなったもんだな、あのメリィが……。

ハム　ありがとうおかげ様で！　あんたのキンタマ握り潰してやろうか？

ハットン　（強がって）フン。

ハム　握り潰してやるよ。（やろうとする）

王様　やめとけ。キンタマはおまえ、大変なんだよ。

ハム　一個だけ。

王様　まあ一個だけなら。

ハットン　（思わず逃げるように離れ）やめろ！

そのへッピリ腰をハムが笑うので皆も笑う。

ハム　ああスッキリした……！

マーガレット、タチアナ、コブ来る。ミゲール（の幽霊）も少し遅れて来る。

マーガレット　水道のハットンって最高ね、あたしすっかりファンになっちゃっ

＊119　上演では、ハムはこの台詞をドクターとサーカスに向かって言っている。台詞を受けた二人には「ククククク！」というイメージで笑ってもらった。皆、かつてベイジルタウンにいた頃のハットン（モイ）を知っているのであり、その雰囲気を伝えたかった。

た！（と、ハットンの存在に気づいて）……。

ハットン　（マーガレットを見て）……。

ハム　チキン、あんたも言いたいことがあったら言ってやんな。

マーガレット　ないわ別に……。

ハットン　（マーガレットに）……チキンて呼ばれてるのか。

ドクター　チキンだよ悪いか。

ハム　（マーガレットに）チキンの代わりにあたしがひっぱたいてやろうか？

ハットン　（強く）あんたらちょっと黙っててくれないか。デリカシーってものがないのか⁉

皆、絶句する。[*120]

ハットン　彼女昨日まで俺の婚約者だったんだ……。

ドクター　デリカシーだぁ……⁉

ハットン　（マーガレットに）何度も会いに行こうと思っていたし、いつだって君のことを思っていた。

マーガレット　（さすがに見る）……。

ハットン　信じてもらえないだろうけど、本当だ。伝書鳩だって何度も飛ばしたのに、どの鳩もこいつらが捕まえて食べちまった。

ドクター　食ってねえよ！

＊120　鬼畜のような男（こはやはり男でなくてはならない）が窮地に立たされた時、あたかも自分だけが常識人で、周囲の人の異常性によって被害を被っているかのように振るまう——そんな人物や状況を描くのが好きだ。近年では『陥没』（２０１７）という芝居でもそんな男を登場させ、生瀬勝久さんに演じてもらった。このシーンのハットンもそうだが、あまりにも切実に訴えるものだから、周囲の人々は混乱して、一瞬自分たちの方が加害者なのではないかと思ってしまうのである。

ハットン　食ったよ！　食っただろう！

ドクター　（自信なくなって）食ったっけ？

サーカス　食ってないよ。丸め込まれるんじゃないよ！

ドクター　食ってねえ！

ハットン　食ったとか食わないとか、そんなことどうでもいいんだ！

ドクター　だっておまえが食ったっていうから――

ハットン　頼むから黙っててくれないか！　マーガレット……！　君こいつらにたぶらかされてるんだよ……（とマーガレットに触れる）

マーガレット、触れてきた手を払う。

ハットン　……完全に洗脳されちまって……こいつら乞食はおそろしい奴らだよ。

ヤング　おまえだって乞食だったろう！

ハットン　だから必死の思いで抜け出したんだ！　黙ってろクソガキ！

マーガレット　王様。

王様　なんだい？

マーガレット　こういう時にぶん殴ればいいのよ。

ハットン　（かまわず）マーガレット、君はなんにもわかってない！　事情があって婚約破棄せざるを得なかった。こんなに愛しているのに！　こんなに愛しているのに！

王様、ハットンをぶん殴る。

ハットン　(床に膝を落とし) 殴るがいい野蛮人！

王様　貴様……

ハットン　さあ殴りたいだけ殴れ！　マーガレットのためだと思えばなんでもないさ！

ドクター　なんなんだいこいつ……。

スージー　狂ってる……！

サーカス　ああ昔より狂ってるよ……。

ハットン　(めげる様子なく、タチアナたちを指して) 再開発事業のことだって、こいつらにあの手この手で丸め込まれてしまった……！

タチアナ　何を言ってるんですか……！

コブ　(制して) ちょっと、このまま言わせてみましょう。

マーガレット　……それで？

ハットン　……君は僕の市長選の為に死ぬ思いでベイジルタウンで暮らしてくれていたと言うのにこの女 (タチアナ) ときたら！　バラックに火をつけて君を焼き殺してしまえと！

タチアナ　言い出したのはあなたでしょ⁉　それも誰もいないと嘘をついて。

ハットン　見ろマーガレット、こんなこと言ってるよ！

コブ　水を差すようですが——ここ一ヶ月間のあなたの行動履歴はすべて、スパイによって私に紙飛行機その他で報告されています。
ハットン　え……。
コブ　（書類の束を出して）お読みになりますか。
王様　（驚いて）スパイってスパイかい……!?
コブ　乞食の。
王様　あんたスパイと知り合いだったの？
タチアナ　我々ソニック社の取り引き相手です。
王様　あいつ手広いな……。
コブ　（ハットンに）これを警察に突き出せば、あなたはおしまいです。
ハットン　降参だよ……おとなしく警察に出頭するよ。出頭するから……（腹を押さえ）ああ胃がキリキリする。ちょっと、そこの俺の鞄の中から……（とドアの中を指す）
ドクター　鞄？

ドクター、ドアの中から鞄を持ってきてやる。

ドクター　これかい。
ハットン　ああ。胃腸薬入ってるだろ……？
ドクター　（中を見て）ねえよ……。

ハットン　あるはずだよ。

ドクター　ねえよピストルしか。

ハットン　じゃあピストルでいいよ。

ドクター　ほらよ。（とハットンに銃を渡してからハッとして）しまった[*121]！

ハットン　（態度を変えて）おとなしくしてもらおうか。

皆　！

緊張感[*122]。

ハットン　（銃口をヤングに向け）ガキ、手ほどけ。

ヤング　……。

ハットン　耳無えのか。ほどけ！

ヤング、ハットンの両手首に縛られた縄をほどく。

ハットン　乞食が何人か死んだところで誰もなんとも思わねえよ……（タチアナとコブに）あんたらは巻き添えくったんだなあと思われておしまいだ。

王様　撃てるもんなら撃ってみろ……。

ドクター　バカ駄目だよ王様！　んなこと言ったら本当に撃つぜ、狂ってんだから。

＊121　80年代、芝居を始めたばかりの頃はこんなやりとりばかり書いていた気がする。

＊122　三行前まであんなやりとりをしていたクセに「緊張感」もないものだが、作家及び演出家はかなり本気で緊張感を求めている。

王様　ドクターが渡しちゃうからだろう！
ドクター　渡しちゃうまで黙って見てるからだろう！[*123]
ハットン　うるせえ！

ハットン、闇雲に銃を撃つ。
スージーの近くを弾がかすめた。

スージー　（悲鳴）
ヤング　スージー！
サーカス　（叱りつけるように）若い奴から狙うことないだろう！
ハットン　（気圧されて）別に狙ってねえよ！　なんとなくだ！
サーカス　あんたは昔っからロクでもないよ……！[*124]
ハットン　あんたから撃ってやろうかサーカス。
サーカス　ああ、あたしから撃ちな。
ハットン　……。
サーカス　早く撃ちなよ。
ドクター　俺から撃てモイ。
王様　俺から撃つんだ。

皆、口々に自分を撃てと言いながらハットンに詰め寄る。[*125]

＊123　ここでまた少し緩ませて――

＊124　ここから再び、瞬時にしてシリアスに。ここからの7行のやりとりだけを観た人にはコメディだとは思われないぐらいがちょうどいい。

＊125　でまた緩む。あとはもう、緩みっぱなしである。

ハットン　うるさい！

ハットン、再び闇雲に銃を撃つ。人々、悲鳴と共に四散する。

ハットン　俺が撃ちたい順番で撃つ！

チャックが来る。

チャック　あ、いた！（ハットンに、やはり叱りつけるように）何してるんですか社長！　あんなキチガイみたいな演説したと思ったら今度はこんな……！（頭を抱える）

ハットン　おまえにはわからない！

マーガレット　（目で指示して）ミゲール。

ミゲール　はい……！

チャック　ミゲール……⁉

ハットン　（マーガレットに）ミゲールは死んだよ。

ミゲール、ハットンの手から銃をスッと取る。

ハットンとチャックの目には、銃が宙を漂っているようにしか見えず——

ハットン　え⁉

ミゲール、銃をチャックの手に握らせる。

チャック　ん⁉

ミゲール　（チャックの耳元でうらめし気に）チャック様……。

チャック　（表情みるみるひきつり）ミゲールだ……！　ミゲールです！

ハットン　（動揺して）バカ言え！　ミゲールは死んだ！

ミゲール　どうして救急車を呼んでくださらなかったのですかぁ、チャック様。

そう言いながらミゲール、ハットンのすぐ背後へ行き、おどろおどろしい声を出す。

チャック　あああああ！（錯乱して銃を乱射[*126]）

ハットン　危ない！　危ない！　やめろチャック！

マーガレット　ストップ、やめてあげて。

ミゲール、（ハットンの背後から）はずれる。チャック、やや落ち着く。

＊126　リアルに考えれば、弾を補塡せずにそんなに乱射できるわけがないのだが、リアルになんか考えてはいけないのです。

ハットン　え⁉

マーガレット　あなたはベイジルタウンの所有権を放棄するわねハットン、いえ、ネズミ殺しのモイ！

ハットン　しない！

ミゲール、再びハットンの後方へ行き、おどろおどろしい声を出す。

チャック、再び錯乱して銃を乱射する。

ハットン　する！　放棄する！　ベイジルタウンは君のものだ！

マーガレット　ストップ。

ミゲール、はずれる。

チャック、落ち着く。

ハットン　⁉

マーガレット　会社の権利もね。

ハットン　会社の権利は……

ミゲール、再びハットンの背後へ。

チャック、再び撃とうとする。

ハットン　（ので）会社の権利もです！　もっとも全部偽造した書類だからハナから権利もクソもないんです、すみません社長！　明日からは初心に戻って平社員として一から

マーガレット　（遮って）あなたはもうクビです！

ハットン　（ものすごく驚いて）ええ⁉

タチアナ　（ハットンに）あたりまえ！

マーガレット　王様。

王様　うん。（前方に向かって）よし、カーテンとれ。

バサリという音と共に、まぶしい照明が皆を照らす。
そこには幾台ものテレビカメラが、彼らに向けられていた。[*127]

ハットン　テレビカメラ……⁉

ドクター　サーカス、テレビカメラだよ……！

サーカス　うん……！

ハットン　（愕然として）まさか……

マーガレット　ええ、何から何までぜ〜んぶ放送されてたのよ……！

王様　あの頃の同期がみぃんな偉くなっててさ……テレビ局にいたことをこんなによかったと思ったことはないよ！

＊127　〝幾台ものテレビカメラ〟は無対象です。

マーガレット　ミゲール、ご苦労様。よくやってくれたわ。
ミゲール　お力になれて嬉しゅうございます……！

パトカーのサイレンが近づいてくる。

コブ　警察ですね……。
ハットン　（愕然とし、膝を折って泣き始める）
ハム　泣いたよ！
マーガレット　アップにして。
王様　（カメラマンに）２カメ！　寄って！[*128]
ハットン　（泣く）

マーガレットと王様が笑顔で見つめ合い、その瞬間、風景、静止する。

12－2　エピローグ

タチアナが自分の日記帳をひろげ、登場人物たちの後日談を読みあげる。
日記の内容に合わせ、各々の日常が次々と浮かびあがる。

＊128　DVDや配信映像やWOWOWでのオンエア映像では、ここで実際に、ハットンをとらえた2カメがズーム・インしております。

タチアナ（日記を読んで） ネズミ殺しのモイは数々の悪事が全部ばれて、よぼよぼのおじいさんになるまで刑務所で暮らしました。

マーガレット様の執事ミゲールは、すっかり満足して天国へ帰って行きました。

ヤングとスージーは結婚式を挙げ、スージーは引きずって歩くような長い長いベールをつけた、素敵な花嫁になりました。ヤングは警察官になるため勉強中です。

ドクターとサーカスは、マーガレット様が作った熱帯植物園の管理人になりましたが、これまでと変わらず、同じように瓶を拾って生活しました。[*129]

チャックは精神病院に入院し、そこで幽霊の研究に没頭しました。後に心霊学者になった彼は二冊の本を出版しましたが、ほとんど売れませんでした。

コブは私の右腕として働く一方で日記のオークションハウスを主催し、世界中の人々に感謝されました。

水道[*130]のハットンは、テレビの演説中継を見ていた劇場の支配人にスカウトされ、水道のハットンとして舞台に立ち、みんなの人気者になりました。劇場のスポンサーはベイジルタウンの水道局です。

ハムは新しい生き方を求めて世界一周の旅に出ましたが、誰も知らない小さな国で誠実な恋人を見つけ、彼を連れてベイジルタウンに戻ってきました。

王様はお父上から譲り受けた第十地区、つまり焼けてしまったバラック跡から石油が湧き、ベイジルタウンの石油王と呼ばれるようになりました。

＊129　210ページで未来の夢を語るマーガレットの「あたしは彼らが安心して乞食を続けられる街に——ベイジルタウンをそういう街にしたいのよ……！」という台詞を覚えておいでだろうか。たとえハタから見るとひどい生き方をしているように見えても、ドクターとサーカスのように、変わらぬ人生を望む人間もいる。彼らにとってはそれが幸せだ。

＊130　活字にすると11行の間に、山内圭哉はハットン（モイ）から水道のハットンに着替え、かつらを替え、傷のメイクを落とした。もしかしたら本作中一番の早替えだったかもしれない。ご苦労様でした。

マーガレット様はベイジルタウンを、乞食たちが安心して暮らせる街に生まれ変わらせ、乞食たちからベイジルタウンの女神と呼ばれるようになりました。女神は石油王と結ばれ、世界のベストカップルに何度も何度も選ばれました。そして沢山の子供たちに囲まれて、幸せに幸せに暮らしています。かく言うわたくしタチアナは、マーガレット様と公私共に親しく、今日も今からランチを食べながら新しいビジネスの話をして参ります。（日記を閉じて）以上、タチアナ・ソニックの日記より。では皆様、また次の機会にお会いしましょう。

ベイジルタウンの人々とタチアナ、そしてマーガレットが並んで微笑む。カメラのシャッターが切られる音がして、彼らはアニメーションになり、アニメのマーガレットがパネルを掲げると、そこには「ベイジルタウンの女神　ＥＮＤ」の文字。

了

The End

あとがき

あとがきは、ないよりはあった方がよいと思い、幾度も原稿用紙に向かっているものの、まとまらない。まあ、演出ノートという名の雑記を大量に掲載しているのだから、あとがきなんぞ不要な気もするのだけれど。

考えがまとまらない一番の理由は、この作品の公演体験（稽古含む）があまりに特異なものだったからだと思われる。公演体験を特異たらしめたのは、言うまでもなく、新型コロナによるパンデミックが引き起こした悪夢のような状況であるが、問題は、これを記している現在も、それが続いていることにある。おそらく参加者全員が、なんとも形容し難い気持ちを抱えて集まった、あの稽古初日から、間もなく一年になろうとしているのだ。

いつ中断されるかわからぬ中、ひたすら稽古に集中した日々は、私にとって永遠に宝物である。客席数の半分しか入場を許されなかった東京公演初日、私は最後列の席に座って観劇した。ガラガラの場内を見渡して開演前に感じた不安。その不安を一掃してくれた上演中の熱気。そして、満員の公演でもなかなか得られないような、大きな大きな拍手に包まれたカーテンコール。東京公演を終え、稽古中には内心遂行不可能だろうと考えていた兵庫公演をも完遂できた。

まったく幸せな公演だった。作品が往年のハリウッド・コメディのような趣きだったことが、よりいっそう多幸感を際立たせた。

しかし、あの公演のことを、ただただ気持ちよく語れるようになるには、どうやらまだ時間がかかるようだ。まさかこんなに長引くとは。ケムリ研究室は現在、第二回公演『砂の女』の稽古中。間もなく折り返しになる。明日だか明後日だかからは、東京五輪が強行開催されるらしい中、都内の感染者数は増加の一途を辿り、今日は1800人を超えた。

再び我々は、できるかどうかわからない公演の準備に日々明け暮れているわけである。あとがきが書きにくい心境を、なんとなくはお察し頂けただろうか。

そんなあとがきでも、お世話になった方々への謝辞で締め括るのが礼儀というものだ。あんな時期にも拘らず上演に携わってくれたすべての方に感謝。観てくれた方、読んでくれた皆様に感謝。この本の刊行を快諾してくださり、待てど暮らせど来ないあとがきを今日まで待ってくれた論創社の森下雄二郎氏と、出版に向けて奔走してくれたマネージャーの浅見氏、瀬藤氏に感謝。戯曲を書くにあたって大いに参考・引用させて頂いた偉大な映画作家、ことに『サリバンの旅』を創り出したプレストン・スタージェス監督と『逆転人生』を創り出したメル・ブルックス監督に感謝。そして明日10歳の誕生日を迎えるウチの愛猫、三毛猫のごみちゃんにも。皆さんありがとう。

二〇二一年七月二一日

ケラリーノ・サンドロヴィッチ

解題『ベイジルタウンの女神』

石倉 和真

劇作家、演出家、映画監督、そして音楽家。ケラリーノ・サンドロヴィッチ（以下ＫＥＲＡ）の活動は多岐に渡るが、特に劇作家として近年これほど戯曲の出版が続いている人物は稀有であろう。

本作は全12景から構成されるＫＥＲＡの長編戯曲である。

舞台設定は、どこの国ともつかない架空の世界。ある「賭け」のために正体を隠して貧民街・ベイジルタウンで一ヶ月間暮らすことになったロイド社の社長・マーガレットが、貧しい暮らしの中でも前を向いて逞しく生きる人々と触れ合うことによって、お嬢様育ちで高慢だった心に徐々に変化が訪れ、本当に大切なものを見つけていく喜劇である。

物語はマーガレットが、彼女の幼少期の小間使いだったタチアナの元を訪ねるところから始まる。タチアナはかつては貧しい生活を送っていたものの、現在はビジネスの世界で大きな成功を収めて、ロイド社のライバル企業を経営するまでになっている。貧民街であるベイジルタウンを取り壊して再開発を進めたいマーガレットにとって、タチアナが所有する第七地区を取得することは計画上必要不可欠であり、今回の訪問は彼女にその土地買収の話を持ちかけるためだ。タチアナの会社で久しぶりの再会を喜ぶ二人であったが、実はマーガレットは幼い頃の彼女との想い出はすっかり忘れている。その事実を知り少なからずショックを受けたタチアナは、マーガレットに土地譲渡の条件を提示する。それは「ベイジルタウンで一ヶ月間無一文で正体を明かさずに暮らせたら第七地区を差し上げる。ただし、もし途中で断念した場合は現在マーガレットの所有する第八地区と第九地区がタチアナのものになる」というもの。賭けに乗るマーガレット。こうして慣れない街での新たな暮らしが始まる。

意気揚々とベイジルタウンに乗り込んだマーガレットであったが、世間知らずな上に無一文のため木賃宿にも泊ることができない。食べるものにも苦労し、また治安の悪さから男性に襲われそうになるなどの憂き目にあう。しかし、そのピンチを救ってくれた〝王様〟と、彼の妹〝ハム〟の兄妹が暮らすバラックに転がり込むと、彼女は徐々にベイジルタウンに生きる人々との交流を深めていく。泥棒の〝ヤング〟と予知夢を見る〝スージー〟の若きカップル。医者に見離された〝ドクター〟。心優しき姉貴分の〝サーカス〟。一癖も二癖もある個性豊かな面々がマーガレットを取り巻く。やがて彼らに〝チキン〟とあだ名を付けられたマーガレットは、賑やかなベイジルタウンの暮らしにも馴染み、自身がそれまで進めようとしていたベイジルタウン再開発計画にもその心情を変化させていく。

一方、マーガレットの婚約者であり、彼女が不在の間ロイド社の経営を委ねられた専務のハットンには大きな野心があった。それはマーガレットの会社を乗っ取り、やがて街の市長に就任するというもの。彼の正体はベイジルタウン出身で、かつて〝ネズミ殺しのモイ〟と呼ばれた残忍な男だったのだ。或る日ハットン（モイ）は保険金目当てにマーガレットを亡き者にしようと、彼女たちの暮らすバラックに火を放つ。

間一髪生き延びたマーガレットたちであったが、今度は彼女の正体がベイジルタウンの再開発を目論む会社の社長であることが住民たちに露見し、彼女と仲間たちの間に亀裂が生じてしまう。しかし、その不和を乗り越えたマーガレットとベイジルタウンの住民たちは、モイの野心を打ち砕くために一致団結して行動に出るのであった。

『ベイジルタウンの女神』は、ＫＥＲＡと女優の緒川たまきによる演劇ユニットであるケムリ研究室の旗揚げ公演として２０２０年９月の東京都の世田谷パブリックシアターを皮切りに、兵庫県立芸術文化センターと北九州芸術劇場においても上演された。上演時間３時間半に及ぶ大作である。そしてまた新型コロナウイルスの感染拡大の影響により、客席数を制限し感染予防対策を徹底した上での上演となった。同時期に他のＫＥＲＡ作品をはじめ、国内の多くの舞台公演が中止もしくは延期の措置が執られていたため、本作もいつ何時上演中止になってもおかしくないという、そのような緊張感に満ちた状況下で日の目を見た作品である。

芝居の内容は、ライトかつＫＥＲＡお得意の都会的なセンスとユーモアに溢れた寓話的世界観で、老若男女が楽しめるような間口の広い作品になっている。ＫＥＲＡのコメディの振り幅は大きいが、本作はエンターテイメント性を保ちつつ、その中で貧困層と富裕層の格差の問題などの社会的なテーマも根底に流れている。億万長者が貧民街の再開発のために賭けに乗ってその街に住む設定は、映画『メル・ブルックス／逆転人生』（1991）からもヒントを得ていると思われる。

富裕と貧困はしばしばKERAの作品に登場するモチーフである。例えば『百年の秘密』（2012・2018）のティルダとコナや『キネマと恋人』（2016・2019）のハルコ。しかしKERAの描く貧困は悲観的なものよりもむしろ自由に生きる人々の象徴として扱われる。金はあるが不自由な生活と金のない自由な生活。両者を戯画的に対峙させながら、読者や観客は自らの生き方を問われる。

本作で描かれる「ベイジルタウン」は再開発という現実的な問題を抱えながらも、どこか浮世離れしている。それは高度経済成長期に生まれ、バブル期に青春期を過ごしたKERAにとって、失われていった原風景なのかもしれない。誰もが貧しくありながらもそれでいて活力に満ちた人々の生活。中でも、ハム、スージー、サーカスなどベイジルタウンでは女性が自らの意思を持って、生き生きと暮らしているのが特徴的だ。対照的に男性陣はどこか影がつきまとう。タイトルにあるようにマーガレットの存在は「女神」と位置付けられるが、この街に生きる女性たち一人一人の存在こそが「女神」とも取れる。

結果的にマーガレットの行動は奇跡的にベイジルタウンを救い物語は大団円を迎えるわけだが、そもそも彼女はベイジルタウンを更地にするつもりで来たのだから、ある意味で神でもあり同時に悪魔的破壊者にもなり得る紙一重の存在といえる。マーガレットと結ばれる〝王様〟は本物の石油王になったことが最後にタチアナの口から語られるが、貧困からの脱却は前述のタチアナやネズミ殺しのモイの人生にも重なる。

金の使い道も人それぞれということか。一方で〝ドクター〟のように生活スタイルを変えない生き方もある。そこに若干の毒がある。

これはある種の神話なのだろうか。かつて太田省吾はKERAの岸田國士戯曲賞受賞時の選評で「神秘的なんだかくだらないんだか、なんかよくわからない」と書いたが、神秘性とくだらなさの境界を自由に行き来することがKERAの特長ともいえるのかもしれない。この境界の行き来は音楽活動と演劇活動を並行する彼の姿にも重なる。

本作にはステージングのト書きが細かくあるが、ここからは演出家としてのKERAの側面が垣間見られる。プロジェクションマッピングを駆使した映像（上田大樹）と美術（BOKETA）、そして俳優たちの身体が一体化したこれらの華麗なるステージング（振付：小野寺修二）は本作の見せ場の一つとなっており、その演出を想定しながら作者は文章を記したのであろう。音楽は鈴木光介が担当し、これらが一体化することによって架空の街・ベイジルタウンの存在感を観客の眼前に提示している。

また舞台上に立つバラックは、（これが現実世界であれば）違法建築物であるが、外界から隔絶した砦のようにも見える。そしてその内部では、劇中の警察官とヤングのやりとり（4-3）からも見られるように、街全体がある種の治外法権状態となっており、そこは金は無くても住人たちの助け合いによって成立している理想郷ともいえる。

本作は緒川たまきが主人公・マーガレットを演じることを前提に描かれているが、

〝王様〟を演じた仲村トオルと妹・ハム役の水野美紀、敵役ハットンの山内圭哉、ヤング役の松下洸平、スージー役の吉岡里帆、またタチアナには高田聖子など、他の配役についても作者の当て書きを想起することが出来るなど、旗揚げ公演の名に相応しい個性豊かな俳優陣のアンサンブルとなった。

私生活でもパートナーである緒川たまきとKERAは前述の『キネマと恋人』をはじめ、これまでいくつもの舞台を共に創出してきた。本作の創作過程では緒川の意見も多く取り入れられているという。ケムリ研究室の「ケムリ」とは『シャープさんフラットさん』(2008)に登場し、KERA自身を反映しているというキャラクター・辻煙から採られているが、では研究室とは何だろうか。近年KERAは自作だけではなく、カフカや太宰、オールビーなど先人の様々な作品を原案にした舞台に挑んでいる。さらに別役実に連なる不条理劇の劇作家としての文脈で語られることも多い。映画、音楽、海外の小説から日本の不条理劇に至るまで、あらゆるジャンルを取り込んでKERAの世界観は紡がれていく。温故知新、和洋折衷。それはまるで複雑に積み重なりあったベイジルタウンのバラック住居の姿にも似ている。

ケムリ研究室はそのような様々な素材が自由自在に折り重なったKERAの脳内回路を、緒川たまきという女優を中心に現出させていく思考と実践の場である。それは劇団公演ともプロデュース公演とも異なる、様々な挑戦が可能な、まさに研究の名に相応しい活動といえよう。ケムリ研究室はそのようにKERAと緒川の二人という最小限の複数であるからこそ、身軽かつその可能性には限界がないのである。

劇作家としても演出家としてもＫＥＲＡは今や熟成期に入ったといえるだろう。日本の現代演劇を代表する一人として今後の活動に期待が集まる。

（いしくら・かずま）

〈ＫＥＲＡ考〉サブカルチャーから王道を歩む

西堂 行人

1

ケラリーノ・サンドロヴィッチとは何者か。

名前こそロシア東欧系だが、彼は生粋の日本人である。彼が率いる集団「ＮＹＬＯＮ１００℃」という名称も奇妙である。ナイロン１００％なら素材だが、１００℃となると、もう意味不明だ。ＫＥＲＡ（以下この名称を使わせていただく）の存在も活動も、一筋縄でいかないのは、こうした命名からもうかがい知れる。

ＫＥＲＡの出発点は音楽だった。19歳でニューウェーブ・バンド「有頂天」を結成し、ボーカルとして活躍する傍ら、自主制作レーベル「ナゴムレコード」を立ち上げ、多くのプロデュース作品に取り組んだ。彼はプレイヤーであるとともに、優れたオルガナイザーでもあった。

こうした才能を最も活かす場、それが演劇というジャンルではなかったか。複数の人間が入り混じり、そこで喧々諤々と意見を交わし合い、即興的なやりとりの中から、次第に一つの舞台が立ち上がっていく。それはまるでセッションを通して独自の一曲を仕上げる「バンド」活動のようである。バンド（＝群れ）とは、さまざまな表現者が創造的なインスピレーションを発動する絶好の場であり、人と人の関係をベースにしながら、人間化学反応を起こさせる磁場でもあるのだ。

ＮＹＬＯＮ１００℃の活動と並行して、ＫＥＲＡはプロデュース集団「ＫＥＲＡ・ＭＡＰ（ケラ・マップ）」を発進させた。ＮＹＬＯＮより個人色を鮮明化していくと同時に、一つの方向に固定しないよう別動隊を通して歯止めをかけていく仕掛けでもあろう。このバランス感覚の実践はその後、「オリガト・プラスティコ」や「ケムリ研究室」などを立ち上げている。

わたしが初めてＫＥＲＡの舞台を観たのは、１９９１年『ＳＵＮＤＡＹ ＡＦＴＥＲＮＯＯＮ』である。当時彼は「劇団健康」を主宰し、音楽をふんだんに取り入れる舞台を展開していた。

もともと映画青年だった彼は、１９８０年代のサブカルチャーに多大な影響を受けている。当時、学生演劇出身者は大学卒業後、小劇場を志向するのがメインの流れだった。それに対し、音楽界出身のＫＥＲＡは明らかに異なった演劇への参入の仕方であり、別の視点を持っていた。それは従来の小劇場を確実に相対化するものでもあった。

彼が演劇界に進出してきた１９８０年代半ば、わたしは小劇場にどっぷり浸かっていたため、ＫＥＲＡのアウトサイダー的感覚の舞台は、戸惑いが大きかった。だが90年代から２０００年代にかけて、ＫＥＲＡも変わり、わたしも変わった。ＫＥＲＡの舞台は小劇場の本質を捉えて進化し、わたし自身も小劇場以後の方向を探るようになり、彼の作品を偏見なく観る素地が出来上がってきた。

2

KERAの存在は、あくまでマイナーな領域にあった。その後、しばしば取り組むことになるフランツ・カフカは20世紀文学を象徴する「マイナー作家」だ。ドゥルーズはその著書『カフカ』の副題に「マイナー文学のために」と付している。今でこそ、プルーストやジョイスと並び称されるカフカだが、最初は「マイナー」が代名詞だった。そしてマイナーな視線が正統になるのが、20世紀芸術の特徴なのだ。

カフカ同様、KERAもまたマイナーからマエストロへの階段を登っていく。わたしは、サブカルチャー的マイナー性から、現代の巨匠への道をたどる典型像をKERAに見ている。何故か。それはKERAが自らを演劇人として自覚しはじめたからである。

その潮目は、別役実や岸田國士など先行作家の作品を「演出」する機会に恵まれたことにある。多くの小劇場作家たちは先行作家の戯曲を上演する経験があまりない。自分の想像力だけを頼りに、知恵を絞って創作活動を展開するのが一般的だった。だが演劇史を築いてきた作品を知らないまま先に進むことはできない。感性や自由奔放な想像力はやがて年月とともに枯渇するだろう。才能ある小劇場の作家たちがいつの間にか最前線から消えていったのは、「教育」に出会う機会がなかったからだとわたしは考える。自転車操業のように次々新作を生み出し続ける生産システムの中で、多くの作家たちは摩耗していった。世阿弥がいう「まことの花」を咲かすのは、「時分の花」を終えた「それから」なのだが、「時分の花」のまま枯れてしまったのである。

そうした中で、KERAが他作家の演出を要請されたことは僥倖だった。他人の作品に触れることで、演出家は改めて、演劇という大きな制度に出会い、「演劇史」の中で、自分の位置を自力で確かめられる。批評で称賛されたり、賞を受賞したりする他者からの評価とは別に、自分でゆるぎなき自己評価を確かめられるのだ。

別役、岸田に出会ったKERAは、初めて自らの演劇（論）を確立する必要性を感じたのではないか。別役も岸田も彼に通じる「マイナー作家」である。（彼らの貢献とは別として、作風としては「マイナー」と言える。）以後、彼は多くの劇作家と出会い、さまざまな作品に触れることで、演劇への展望を拓いていった。それは日本の近代戯曲のみならず、海外の名作戯曲など多様な領域にまたがる。

わたしがKERA演出でとくに記憶に残っている舞台が2本ある。エドワード・オルビー作『ヴァージニア・ウルフなんかこわくない？』（2006）とトレイシー・レッツ作『8月の家族たち』（2016）だ。戯曲の精密な読みと、それを造形する空間の構築力。いずれも演出家として高い評価を得た。すでに書かれた言葉をどのように身体を潜らせ、「音」にするか。それを身体言語としていかに空間に解き放つか。再現芸術である演劇にとってもっとも本質的な作業にKERAは取り組みはじめたのである。ある評論家は、「KERAは劇作もいいが、演出の腕もいい」と評していた。

演出によって切り開かれた彼の演劇論は、『キネマと恋人』（2016・2019）のような傑作戯曲に結び付いた。カフカを自家薬籠中のものにする創作にも応用可能になった。
消費財から真の芸術へ。ケラリーノ・サンドロヴィッチは、確実にその道程を歩みつつある。それが彼の現在ではないだろうか。

（にしどう・こうじん）

◇上演記録
ケムリ研究室no.1
『ベイジルタウンの女神』

【公演日時】
2020年
【東京公演】9月13日（日）〜9月27日（日）世田谷パブリックシアター
【兵庫公演】10月1日（木）〜10月4日（日）兵庫県立芸術文化センター 阪急 中ホール
【北九州公演】10月9日（金）〜10月10日（土）北九州芸術劇場 中劇場

【キャスト】
マーガレット・ロイド（ロイド社の女社長）……緒川たまき
ハットン・グリーンハム（マーガレットの婚約者、ロイド社の専務取締役）／水道のハットン／白い服の男 他……山内圭哉
チャック・ドラブル（ロイド社の弁護士）／トレンチコートの男／ジャムを食べる乞食 他……菅原永二
ミゲール（執事）／パト（警官）他……尾方宣久
タチアナ・ソニック（ソニック社の女社長）／スージーの母親／乞食 他……高田聖子
コブ・スタイラー（タチアナの秘書）／宿の女主人／公園の乞食／家を買った男 他……植本純米
王様（マスト・キーロック）他……仲村トオル
ハム（メリィ・キーロック）他……水野美紀
ドクター／フォンファーレ（古物商）他……温水洋一
サーカス／盲目の女／オババ 他……犬山イヌコ

スージー／靴磨きの少女 他……吉岡里帆
ヤング 他……松下洸平
ロイド家のメイド／貴婦人／近所の住人 他……望月綾乃
ロイド家のメイド／伝道所の配膳係／ソニック社の社員／
家を買った男の妻 他……大場みなみ
公園の乞食／ジャムを食べたがる乞食 ／役所の男 他……斉藤悠
乞食 他……渡邊絵理
鞄を盗まれる男／ビラをまく男 他……荒悠平
乞食 他……髙橋美帆

【スタッフ】
作・演出：ケラリーノ・サンドロヴィッチ

振付：小野寺修二
映像：上田大樹
音楽：鈴木光介

美術：BOKETA
照明：関口裕二
音響：水越佳一
衣裳：黒須はな子
ヘアメイク：宮内宏明
演出助手：山田美紀
舞台監督：竹井祐樹　福澤諭志

企画・製作：キューブ

ケラリーノ・サンドロヴィッチ

劇作家、演出家、映画監督、音楽家。1963年1月3日生まれ。

82年、ニューウェイヴバンド「有頂天」を結成。また自主レーベルであるナゴムレコードを立ち上げ、数多くのバンドのアルバムをプロデュースする。85年、劇団健康を旗揚げ、演劇活動を開始。92年解散、93年にナイロン100℃を始動。99年、『フローズン・ビーチ』で第43回岸田國士戯曲賞を受賞し、現在同賞の選考委員を務める。2018年秋の紫綬褒章をはじめ、第66回芸術選奨文部科学大臣賞、第24回読売演劇大賞最優秀演出家賞、第26回読売演劇大賞最優秀作品賞（ナイロン100℃『百年の秘密』）など受賞多数。音楽活動では、有頂天、ケラ&ザ・シンセサイザーズ、鈴木慶一とのユニットNo Lie－Senseなど各種ユニット、ソロによるライブ活動や新譜リリースを精力的に展開中。

ベイジルタウンの女神

2021年 8 月10日　初版第 1 刷印刷
2021年 8 月22日　初版第 1 刷発行

著　者　ケラリーノ・サンドロヴィッチ
発行者　森下紀夫
発行所　論 創 社
東京都千代田区神田神保町 2-23　北井ビル
電話 03（3264）5254　振替口座 00160-1-155266
装丁　チャーハン・ラモーン
組版　フレックスアート
印刷・製本　中央精版印刷
ISBN978-4-8460-2040-8